LE CHIEN TCHÉTCHÈNE

DU MÊME AUTEUR

Le Peuple d'Arios, éditions Gaïa, 2004.
Le Privé ou Je tourne tous les jours y compris le dimanche, éditions Gaïa, 2006.

Les citations d'Omar Khayyâm sont extraites
des *Quatrains d'Omar Khayyâm* traduits du persan
et présentés par Charles Grolleau (éditions IVREA)

ISBN 2-7427-6491-7

Photographie de couverture :
© Vincent Formica

MICHEL MAISONNEUVE

LE CHIEN TCHÉTCHÈNE

roman

BABEL NOIR

UN BEAGLE ORPHELIN

Ils n'étaient que trois à l'enterrement de la mémé. Dachi El Ahmed, Nestor Patipoulos, ébéniste retraité, et le chien. Les deux hommes ne disaient rien. Le chien non plus. Minces silhouettes dans le cimetière désert sur fond bleu dur, le bleu d'hiver, décapé par le mistral. Les pointes des cyprès travaillés par le vent se penchaient vers les tombes. Il n'y avait pas eu de cérémonie. D'après Patipoulos, mémé devait être musulmane, mais il n'en était pas certain. Dachi avait apporté un bouquet de roses blanches, et le vieil ébéniste des marguerites. Ils laissèrent les fleurs tomber dans la fosse, puis la vieille dans sa caisse légère disparut sous les pelletées de terre. Patipoulos donna la pièce aux fossoyeurs. Le chien se coucha près de la tombe fraîche.

— Qu'est-ce qu'on en fait ? demanda Dachi.

— Ma foi… Je vais le garder en attendant. Tu viens, Hassan ?

Le cabot leva des yeux tristes. Un petit clébard au pelage ras et chamarré, noir, blanc et feu. Un beagle au regard franc. Il remuait la queue mais restait couché. Le vieil homme se baissa en gémissant pour lui caresser la tête.

— Elle était bien gentille, hein, ta mémé ! Il se redressa, regarda Dachi en haussant les épaules. On a qu'à y aller, il finira bien par nous suivre.

Lorsqu'ils franchirent la grille, Hassan était sur leurs talons. Ils firent quelques pas, puis le pépé s'arrêta pour observer le beagle qui s'était mis à grogner, le museau pointé vers le bout du parking où stationnait une BM grise.

— Qu'est-ce que t'as, mon grand ? fit Patipoulos en fronçant les sourcils.

— On dirait qu'il en a après ces types dans la voiture, grommela Dachi en roulant sa cigarette.

Deux silhouettes indistinctes s'agitèrent derrière le pare-brise de la BM, puis le moteur vrombit et le véhicule disparut en coup de vent. Hassan se calma aussitôt.

— Lui, il sait, lâcha Patipoulos en hochant la tête.

— Quoi donc ?

— Il sait pourquoi ils ont tué mémé.

Le chien les suivit dans le métro, puis entre les tours et les barres de béton. Devant l'immeuble, il partit comme une flèche pour s'engouffrer dans le hall. Lorsque Nestor Patipoulos, crachant ses poumons après avoir gravi six étages, sortit les clés de sa poche, il le trouva roulé en boule sur le paillasson de la porte voisine. La mémé et l'ébéniste logeaient sur le même palier.

— Tu t'en fous, toi, des ascenseurs en panne, hein ? Allez, viens mon toutou, viens donc !

Dachi referma doucement derrière eux. Le vieux alla dans la cuisine et en ramena un bol d'eau qu'il posa près du chien.

— Il avait sacrément soif, hein ! Tu veux un café ?

Dachi acquiesça. Patipoulos retourna dans sa cuisine. Une table de chêne massif, ajustée au quart de poil et cirée, réduisait l'espace du salon à quatre bandes latérales. L'artisan grec l'avait fabriquée et hissée jusqu'ici tout seul, quand il était encore en activité. Dachi se demandait comment ce petit homme avait réussi pareil exploit. Il n'y avait rien sur cette table, hormis un napperon blanc sur lequel reposait une urne au col large, sans couvercle. Elle contenait les cendres de madame Patipoulos. Le veuf n'ouvrait jamais sa fenêtre de peur qu'elles s'envolent. Il refusait catégoriquement de boucher l'urne. Plus qu'un souvenir, c'était pour lui un objet de culte, une présence. Le dimanche matin, il rompait le pain et en déposait un morceau sur le napperon. Madame Patipoulos aimait le pain. L'ébéniste ne mangeait plus dans le salon. Les échos des joyeuses réunions familiales s'y étaient estompés depuis longtemps. Il prenait ses repas dans la cuisine où se trouvait la télé. Toutefois, lorsqu'il recevait du monde, ce qui arrivait rarement, il installait ses invités autour de cet autel de chêne pour leur offrir le café et les biscuits. Cette convivialité un peu sacrée embarrassait le visiteur, mais la chaleur du vieux Nestor dissipait vite la gêne. Le salon était aussi le lieu de la musique, car feu madame Patipoulos adorait Bach et Haendel. Avec le temps, le pépé avait appris à aimer ses disques. Chaque fois que Dachi lui rendait visite, le vieux lui laissait le choix. Son hôte optait invariablement pour les suites pour violoncelle, car il savait que le vieil homme avait un faible pour le son de la corde vibrant dans le bois.

Lorsque Patipoulos revint avec son plateau auréolé de volutes odorantes, cinq puissants coucous brisèrent l'élan de Pablo Casals, qui venait de s'envoler sur la Courante de la suite n°2 en ré mineur. Un piaf incongru, suisse et bariolé, qui jaillit de son chalet pimpant, et dont la vue réchauffait le cœur de l'ébéniste. Souvenir du voyage de noces. Maman avait opté pour la Suisse, elle voulait voir des montagnes, des lacs, des maisons prospères et des villes propres. Le vieux avait préféré s'attarder dans les ateliers des artisans. Ils avaient ramené un coucou.

Patipoulos regarda les petites portes se refermer en souriant tristement. Dachi porta la main à sa poche, hésita ; le vieux pointa le menton dans sa direction.

— Tu peux fumer va, ça gêne pas.

— J'ai vu qu'on a enlevé les scellés sur la porte de votre voisine, dit Dachi en roulant une cigarette.

— Y z'ont bouclé l'enquête. Crime crapuleux qu'ils disent. Tu parles !

— Qu'est-ce que ce serait d'autre ?

L'ébéniste fronça ses sourcils broussailleux. Les longues touffes de poils argentés dressées au-dessus de ses oreilles s'agitèrent.

— Ils l'ont torturée dans une cave ! Tu vas pas me dire que c'est pour deux cents balles ! Ils ont tout foutu en l'air dans son appartement, même les cartes postales ils les ont décollées des murs ! Non, ils cherchaient quelque chose, et ils l'ont pas trouvé.

Dachi souffla la fumée vers le plafond, les yeux mi-clos. Le violoncelle et l'odeur du café emplissaient le salon. Comme chaque fois que l'émotion et le trouble menaçaient, Dachi El Ahmed partait au pays des roses et invoquait les vers du persan Omar Khayyâm : *Ne te livre pas aux soucis de ce monde injuste*... songea-t-il, tandis que passait dans son esprit l'image de la mémé travaillée au couteau. L'envie d'en savoir plus le taraudait.

La vieille lui avait offert des pâtisseries à la cannelle le jour où il lui avait ramené Hassan, après une courte enquête. Le chien fugueur fauchait des saucissons, et l'épicier Sanchez, hors de lui, avait mis sa tête à prix. Le commis de Sanchez avait traqué la bête, mais le beagle était une boule de nerfs, capable d'épuiser le cerf dans une chasse à courre, aucun bipède ne pouvait l'égaler en endurance ni en vitesse. Dachi l'avait retrouvé dans une cave défoncée, repu, la ficelle encore pendue aux babines. La mémé les avait accueillis avec un petit rire de chaise qui grince, et ils étaient devenus copains. Dachi avait négocié la paix avec l'épicier. C'était un peu son job dans la cité. Médiateur, enquêteur pour broutilles, qu'on payait avec des boîtes de couscous, du thé à la menthe ou des agrumes frais. Le reste de ses revenus, il le tirait de ses traductions des auteurs arabes et de ses vacations à l'université.

Allait-il se livrer aux *soucis de ce monde injuste* ? Hassan, tu es plus près de Khayyâm que moi, songea-t-il en observant le chien qui avait fourré sa truffe dans les pantoufles de Patipoulos.

L'ébéniste s'était mis à tailler un morceau de pin cembro. Il façonnait une icône à l'aide d'un Opinel usé, à la lame aussi fine que celle d'un cutter. Ses mains épaisses ne restaient jamais inoccupées.

— Elle s'appelait Oumaraq. La mémé. Liliana Oumaraq. J'ai jamais su d'où ça venait, ce nom.

— Hum… égyptien, ou iranien peut-être, fit Dachi.

De fins copeaux couleur miel s'accumulaient sur la table de chêne. Patipoulos avait dégagé le cou et les épaules. La figurine aurait les bras ramenés sur la poitrine.

— Ils ont laissé ouvert, chez elle ?

Le vieux haussa un de ses gros sourcils.

— Tu veux y aller voir ?

Il n'attendit pas de réponse. Il se leva, alla fouiller dans le tiroir du buffet, et brandit une clé.

— Y a six mois, elle a eu un malaise et elle a pris peur. Elle connaissait personne ici, pas de famille, rien. Elle avait que moi. C'est elle qui me l'a donnée. Tu la veux ?

Ça sentait la cannelle chez mémé. Elle aimait à ce point cette épice qu'elle s'en faisait des infusions. Elle disait que c'était bon pour le sang. Patipoulos avait raison : tout était sens dessus dessous dans l'appartement. Même la toile cirée de la petite table avait été retournée. Des fleurs séchées jonchaient le sol, un panier en osier brisé, des imprimés et des photos chiffonnés, des morceaux de papier peint arrachés des murs. On avait tout passé au crible. Dans la chambre, le matelas était renversé, les tiroirs et les placards vidés. Deux robes noires brodées de motifs géométriques aux couleurs éclatantes, déchirées. Le petit linge éparpillé. Un ouragan avait bouleversé l'espace intime de mémé Oumaraq.

Au pied du lit, Dachi trouva une carte postale écornée. On y voyait au premier plan une sorte d'église – de mosquée ? – en briques rouges, puis de grands bâtiments aux toits couverts de neige, des arbres nus avec, en fond, un massif de collines sous un manteau blanc. Vision d'une petite ville un peu triste, comme un paysage d'enfance effacé par le temps. Au dos, une écriture fine qu'il était incapable de déchiffrer malgré sa connaissance des langues orientales. Sous la signature, un oiseau en vol était dessiné au crayon. Comme sur une lettre d'enfant à sa mère. Des doigts sales l'avaient froissée. Les empreintes étaient trop larges pour être celles de la mémé. Ç'aurait pu être un indice intéressant si la police s'était donné la peine de pousser l'enquête. Dachi se baissa pour regarder sous le lit. Il ramena une grosse boule de papier qu'il étala avec soin. Un plan : la mer Noire, la mer Caspienne, le Caucase. Il le plia et le mit dans sa poche avec la carte postale.

LE SAGE DE FRAIS VALLON

Au sommet de la plus haute tour de la cité Frais Vallon vit le sage Dachi El Ahmed. Il fume des cousues main en écoutant la flûte des hauts plateaux iraniens. Vaste est sa connaissance des hommes et de ce fait, vastes aussi sa tristesse et son je-m'en-foutisme (sentiment qu'il ne parvient pas à transformer en indifférence. La nuance est subtile et constitue un dilemme que le sage n'a jamais su trancher). Sa tanière est celle d'un ascète érudit. Des étagères chargées de livres dans le séjour et la chambre, un tapis synthétique ; seule la cuisine révèle un certain goût pour la fantaisie, avec un alignement de flacons à épices digne d'un souk marocain. Ah, n'oublions pas la chaîne hi-fi et les disques (pas de vinyle, le sage se moque du purisme). Que sa demeure soit emplie de sons, flûte, oud, chants solitaires, bruits du vent, de l'orage, de la mer, quelques oiseaux nocturnes aussi, et il peut passer des heures assis en tailleur sur son tapis volant.

Le plan, depuis hier il l'a tourné, retourné. Le plan du pays de mémé Oumaraq. Liliana, doux prénom pour une vieille dame au visage parcheminé comme une momie, aux petits gestes, au sourire un peu acide. Il a repéré des petites croix tracées à l'encre noire autour de la ville de Grozny, en Tchétchénie. Mémé la Tchétchène. Voilà donc un mystère résolu. Tu parles ! Il aurait suffi de le lui demander. Mais qui s'intéressait à une vieille sans famille ? Pas même lui, Dachi le curieux. Qui s'intéressait à elle, hormis des types armés de couteaux ?

Trois coups à la porte. Trois coups secs. D'une main ferme. Une visite, si tôt le matin ?

— Monsieur El Ahmed !

Voix de femme. Dachi ouvre et tombe en arrêt.

Une cascade rousse. Une Erinye, l'une de ces déesses grecques de la colère. Elle est en colère parce qu'un cabot est en train de se branler frénétiquement sur son mollet gauche. Elle lui cogne sur la tête, mais le clebs ne lâche pas.

— Saleté ! Saleté ! Fous-moi la paix !

Dachi attrape le beagle par son collier.

— Viens, Hassan.

Il doit l'arracher, littéralement. Le chien grogne, montre les dents.

— Attention, cet animal est fou furieux, dit la Rouquine avant d'entrer, balayant d'un coup l'univers serein du sage El Ahmed.

Dachi soulève Hassan, rejette la tête en arrière pour éviter de se faire happer le menton, puis l'enferme dans la cuisine. Ses mains tremblent. Pas à cause du chien.

— Faut dire qu'il a subi un sacré choc.

— Qui ça ? demande Dachi en se raclant la gorge.

— Ben le cabot ! Mon père aussi d'ailleurs. Il est à l'hôpital.

Ici-bas, il vaut mieux que tu te fasses peu d'amis... Ne sors de toi-même que pour de brèves entrevues... Hélas, hélas, Khayyâm ne peut rien ici, pour conjurer son trouble. La femme devant lui a des yeux de jais formant deux lacs profonds étirés vers les tempes, comme ces statues étrusques qui gardent leur mystère dans l'ombre des musées. Ses vêtements ? Malgré sa perspicacité légendaire, Dachi El Ahmed ne devait jamais en garder le souvenir ; il se rappellerait seulement cette cascade rousse, ce regard insondable et la brûlure incroyable qui lui vrillait l'estomac.

— Votre père ?...

— Je m'appelle Patipoulos. Il a voulu que je vienne vous voir avant même d'appeler la police. Je ne sais pas pourquoi.

— La police ?

— Il a été agressé hier soir. Deux hommes masqués sont entrés chez lui, ils ont mis le bor... la pagaille dans toute la maison, ils lui ont posé des questions en le rouant de coups. Il s'est évanoui. Dès qu'il a repris ses esprits, il m'a appelée. Je l'ai fait hospitaliser. Il m'a demandé de vous amener le chien.

Le tout expédié à la mitraillette. Elle martèle ses mots. Sa voix est grave et sèche. Elle essaie de masquer son émotion mais les coins de sa bouche frémissent. Dans la cuisine, Hassan gémit en grattant la porte. Dachi inspire profondément. *Ne sors de toi-même...*

— Vous voulez du thé ?

Elle lève les mains comme pour le repousser.

— Non. Je suis pressée. Je ne veux pas revoir ce chien.

Elle le plante là.

— Attendez !

Elle fait volte-face, ferme les yeux, les rouvre. Sous le veston de daim, sa respiration soulève sa poitrine. Surprenant le regard de Dachi braqué sur sa gorge, ses lèvres se pincent.

— Qu'est-ce qu'il y a ?

— Expliquez-moi…

— Quoi ?

— Qu'est-ce qu'ils lui voulaient, à votre père ?

Regard sombre. L'Erinye est de retour.

— En quoi ça vous regarde ?

— Je crois que c'est en lien avec la mort de sa voisine.

Elle fronce ses beaux sourcils grecs. Dans la cuisine, le chien s'est mis à aboyer.

— C'est donc ça, fait-elle en passant un doigt sur ses lèvres.

Dachi songe à ce que faisait Hassan tout à l'heure. Il se traite mentalement de crétin et tâche de se concentrer.

— Ecoutez, on n'a guère eu le temps de discuter. Il est à la Timone, troisième étage, chambre 366. Je dois y aller.

— Attendez !

Elle s'immobilise. Soupire.

— Quoi encore ?

— Laissez-moi vos coordonnées, on ne sait jamais…

Elle a un instant d'hésitation. Se tourne vers lui. D'un coup, il a l'impression qu'elle voit tout : le tapis, la pièce quasiment vide, les débris de tabac sur la table basse, la mélancolie des jours, la solitude, et lui, tout nu.

— Bon. Elle fouille dans son sac. Pas longtemps. Tout doit être rangé au carré là-dedans, elle trouve tout de suite ce qu'elle cherche. Un bristol qu'elle lui tend.

— Salut !

Exit. Ne reste de cette apparition qu'une trace de parfum. Poivre et fleur indéfinissable, léger mais persistant. Et dans la cuisine, une forte odeur de chien surexcité. Hassan libéré va lacérer la porte d'entrée en gémissant. Dachi s'assied en tailleur et l'appelle doucement. Faudra repeindre la porte, le cabot est en train d'y tracer de méchantes zébrures.

Léda Patipoulos, infirmière. Place Sébastopol. Et un numéro de téléphone, un précieux numéro de téléphone. Calme-toi, Dachi ! dit le sage à voix basse, encore enivré de poivre et de rousseur.

Peu à peu, il reprit du poil de la bête. Nourrir le clebs, aller voir l'ébéniste, et avant tout, en griller une petite, il ne l'aurait pas volée.

A quelques pas de l'entrée de son immeuble, stationnait une BM grise. Il s'arrêta pour rallumer son mégot agonisant. La plaque d'immatriculation était masquée par un autre véhicule. Deux hommes à bord, comme au cimetière. Deux formes sombres derrière les pare-soleil inclinés. Il fouilla dans ses poches, comme s'il avait oublié quelque chose, fit demi-tour et remonta à son appartement. Il récupéra la carte postale et le bout de plan qu'il fourra dans sa gabardine avant d'aller toquer à la porte de sa voisine de palier.

— Oh, Dachi, que me vaut le plaisir ? fit d'une voix flûtée la gironde madame veuve Gadjian.

Toujours en jaune canari, le soleil d'Arménie. Dachi en connaissait assez bien les contours. Des yeux de nuit où brillaient quelques étoiles. Une bouche d'Orient rêvée par Khayyâm. Et le geste posé de la femme qui sait. De temps à autre, elle lui amenait un petit plat très épicé. Ils mangeaient sans échanger un mot. Elle ne venait pas parler philosophie. Le dessert se prenait dans la chambre. La quinquagénaire lui offrait sa chaleur et son opulence, lui, il lui jouait les coursiers du désert. Elle le tutoyait, il la vouvoyait et elle aimait ça.

— Soyez gentille, madame Gadjian, gardez-moi ce bestiau une heure ou deux.

— C'est celui de la rouquine !

Elle avait tout vu, évidemment. Discrète mais efficace. Elle ne semblait pas ravie.

— En vérité, c'est celui de son père, vous savez, l'ébéniste. Il a eu un accident. Je vais le voir, à l'hôpital. Gardez-moi le chien.

— Patipoulos ? C'est grave ?

— Je vous le dirai à mon retour, répondit-il en descendant l'escalier. Il n'avait pas verrouillé sa porte. Si les deux types profitaient de son absence, ils n'auraient pas à la fracturer.

Le vieux semblait tout petit dans le lit blanc. Deux vilains hématomes ornaient ses joues pâles, et sur son torse bandé de longs poils de patriarche auréolaient les plis de gaze.

— Où est Hassan ? demanda-t-il d'une voix rauque.

— En sûreté, ne vous inquiétez pas. Qu'est-ce qu'ils vous ont fait ?

— C'est une brave bête, il a essayé de me défendre, ils lui ont flanqué un coup de matraque sur la tête.

— De matraque ? C'est avec ça qu'ils vous ont frappé ?

— Oui. Ils m'ont bourré les côtes, ces deux sal… Le vieux gémit. Il tentait de basculer sur le côté, mais n'y parvenait pas. Putain, ils m'en ont cassé deux !

— Je crois que je les ai vus devant chez moi. La voiture grise, vous vous souvenez, au cimetière. Qu'est-ce qu'ils voulaient ?

L'ébéniste plissa les yeux.

— J'ai rien dit, rien ! Ils ont mis le nez dans mes papiers. Je te l'ai dit qu'ils cherchaient quelque chose… Une larme coula au creux d'une de ses rides. Salauds, ils ont renversé l'urne de maman ! Y en a partout !

La grosse main de Patipoulos saisit le poignet de Dachi et l'attira vers lui.

— Ecoute, fit-il à voix basse, ils m'ont demandé si la mémé m'avait parlé de son fils… C'est là qu'ils ont cogné. Ils me croyaient pas, mais là-dessus j'ai pas eu besoin de mentir, elle m'en a jamais parlé. Ou juste une fois, pour me dire qu'elle était contente parce qu'elle avait reçu une lettre. Je crois que c'est ça qu'ils cherchaient, des lettres.

Le vieux s'enroua. Il était épuisé. Il toussa faiblement et grimaça, portant les mains à ses côtes. Dachi ressentit une vague de colère, et cette colère avait une cible : deux ombres entrevues dans une bagnole grise. La main du vieil homme se resserra autour de son poignet.

— Dachi, y a une chose… ils m'ont demandé si tu t'appelais Hassan…

— Quoi ? Comme le chien ?

— Y savent pas qu'Hassan, c'est le chien. Ou alors y a un autre Hassan, je sais pas. En tout cas, ils le veulent. Fais gaffe !

Dachi dégagea doucement son poignet. Le regard gris, un peu voilé, du pépé cherchait son propre regard. Il lui disait que c'était sérieux. Il était inquiet pour lui. Dachi lui adressa un sourire plein de chaleur. De petits plis aux coins des yeux. Quand il souriait, le sage ressemblait à sa mère. Sa main fouilla inconsciemment la poche de sa gabardine, en quête de tabac. Il se demandait dans quel état il allait retrouver son appartement.

— Vous sortez quand ?

— Y veulent pas me laisser sortir.

— Normal. Reposez-vous, monsieur Patipoulos, deux côtes cassées ce n'est pas rien.

— J'arrive pas à dormir sur le dos.

— Vous voulez que je vous apporte quelque chose ?

— Ah oui, mon bois et mon Opinel.

— Vous croyez qu'ils vont vous laisser sculpter au lit ?

Le vieil homme ferma les yeux et soupira.

— Ecoute, Dachi, dis à Léda qu'elle touche pas aux cendres. Je la connais, elle va vouloir mettre de l'ordre partout, je veux pas qu'elle touche aux cendres de maman…

— Je le lui dirai. Reposez-vous, monsieur Patipoulos. Je reviendrai bientôt.

*

— Dachi, je ne veux plus jamais revoir ce chien ! Jamais !

Madame veuve Gadjian était très irritée. Elle avait le plus grand mal à décoller Hassan de sa jambe. Le bas de sa robe canari était froissé. Le clébard semblait particulièrement sensible au charme oriental, il tirait une langue longue comme la main. Elle avait beau secouer la jambe, donner du poing sur la caboche du beagle, l'animal ne lâchait pas prise.

— Prends-le ! Prends-le ou je l'empoisonne !

Elle était au bord de l'hystérie. Dachi empoigna le chien par la peau du cou et le tira jusque chez lui.

Ils étaient venus. Livres et cahiers par terre. Son porte-courrier sur le tapis et les missives éparpillées. Ils n'avaient pas cherché à passer inaperçus. Ils fouillaient, ils frappaient, ils torturaient, comme s'ils n'avaient absolument rien à craindre. Et surtout pas la police. D'autant moins que pour les flics, Frais Vallon était pratiquement une zone de non-droit. On n'y voyait pas souvent de képis. Ou alors, ils arrivaient en force, bouclaient un pâté d'immeubles et repartaient en vitesse.

Dachi commença à ranger posément sa maison. Désormais, ils savaient qu'il ne s'appelait pas Hassan. Le sage El Ahmed prépara du thé, s'assit en tailleur et observa le cabot. L'animal dévorait les croquettes qu'il lui avait ramenées avec une telle fougue qu'il les avait répandues sur un mètre carré. Il poussait l'écuelle avec son museau comme si elle avait un fond inaccessible. Un paquet de muscles et de nerfs qui n'avait rien d'un toutou à sa mémère. Mémé Oumaraq avait confié à Dachi qu'elle était incapable de le tenir en laisse.

— Il n'est pas méchant, disait-elle avec un fin sourire, mais il a trop de forces pour un vieux sac d'os comme moi. La seule fois où j'ai voulu l'attacher, il m'a fait faire un de ces vols planés, hi hi !

— Mais pourquoi avoir choisi un chien de chasse ?

— Oh, je l'ai pas choisi, c'est un cadeau de mon fils. Mais tu sais, Dachi, il est câlin aussi, le soir il est bien sage.

Joli cadeau. Un toutou intenable, un voleur de saucisson qui détenait un secret.

Dachi El Ahmed fit le point. Une carte écrite en tchétchène avec un oiseau dessiné, un plan du Caucase avec des petites croix, deux tueurs qui cherchaient un certain Hassan, un chien fou qui s'appelait Hassan. Et un fils, quelque part. Hassan Oumaraq ? Le fils porterait-il le même prénom que le chien ? Dachi faisait tourner la carte postale entre ses doigts. L'église, les arbres nus, les montagnes… Il y avait une guerre là-bas, une guerre parmi tant d'autres. Cette bâtisse de briques rouges existait-elle toujours ou avait-elle été ravagée par les bombes ? Malgré son désir de voir les assassins de la mémé saigner à leur tour, il comprenait qu'il n'était qu'un grain de poussière dans ce méli-mélo. Il n'avait rien d'un justicier. Mais tandis que Khayyâm lui soufflait de se mettre sur la touche, de *noyer la misère de ce monde dans le vin*, il pressentit qu'il lui serait désormais difficile de couler des jours paisibles.

D'ordinaire, Dachi préférait se débrouiller seul, mais il avait besoin de dénicher un abri pour Hassan qui s'était grillé auprès de la veuve. De plus, il lui fallait faire le clair dans ce salmigondis tchétchène. Il décida de faire appel à un journaliste à qui il avait rendu service dans le temps. Pour le chien, il s'adresserait à son vieux copain l'Apache. Il s'assura qu'il possédait toujours une carte téléphonique, enferma le beagle dans la cuisine et sortit.

Dachi avait sa cabine téléphonique. La seule que les fauves du quartier consentaient à épargner. Tout se négociait à Frais Vallon, et Dachi était maître dans ce domaine. Il était né ici, avait grandi ici, et après quelques années obscures à traîner ses guêtres un peu partout, il était revenu ici. C'était sa façon d'être *au cœur du monde*, selon l'expression de Cendrars. Spécialiste du Frais Vallon-Jitsu, il avait survécu à de nombreuses échauffourées dans la cité, dont une attaque au sabre japonais, ce qui valait bien un sixième ou septième dan tranquillement acquis sur tatami. Souvenir de cette période agitée : de profil, son nez formait un vilain S, suite à une carrière pugilistique avortée.

Pas de réponse au numéro de Léda Patipoulos. Il n'était pas tout à fait midi, elle devait encore travailler. Il appela Grook.

Grook, c'était la signature du gars. Un journaliste alcoolo. Il ne l'avait plus vu depuis trois ans. A l'époque, une sale affaire avait secoué la cité. Un bon père de famille avait pris l'habitude de violer sa fille et son petit garçon sous l'œil d'une caméra vidéo, et monnayait son cinoche maison auprès de ses potes. *Le monstre de Frais Vallon* titrait la presse locale. Grook était venu frapper aux portes, poser des questions dans le voisinage, et avait fini par se retrouver nez à nez avec un fusil à canon scié. Esclandre dans la cage d'escalier ! Le téléphone arabe avait très vite fonctionné, et SOS Dachi était intervenu. Grook en avait été quitte pour une biture mémorable qui, finalement, l'avait regonflé à bloc. Une demi-bouteille de tequila avait réveillé ses humeurs de guerillero plumitif. Il était décidé à soulever les grandes questions : la vie quotidienne dans la cité, la misère, le chômage, la délinquance, avec, bien sûr, Dachi comme billet d'introduction et interlocuteur principal. Celui-ci avait gentiment décliné l'invitation :

— On ne savonne pas le fil d'un funambule.

— Heu... Je saisis pas bien, là.

— Monsieur Grook, si vous voulez faire un article valable sur Frais Vallon, louez-y un appartement et vivez-y pendant un an. Vous aurez un petit aperçu. A condition d'oublier toutes les idées reçues.

— Ouais, évidemment, mais c'est une chose que je peux pas me permettre, je suis un localier moi, je travaille pas pour un magazine.

— Je sais. C'est un effort que personne ne fait. Voilà pourquoi on peut lire, sous la plume de certains... penseurs, qu'à Marseille il n'y a pas de banlieues mais seulement des quartiers.

— Vous n'allez quand même pas me dire que c'est l'enfer !

— Je n'ai jamais dit que c'était l'enfer. Je vous le répète, oubliez les idées reçues.

Grook avait fini par jeter l'éponge. Enfin, façon de parler, parce que devant un comptoir de zinc, des éponges il en avait de reste. Pour Dachi, ce n'était pas le meilleur cheval, mais il n'en connaissait pas d'autre. Grook pourrait tout au moins lui fournir une piste.

Le compteur tournait. La standardiste semblait être partie en vacances, le laissant en tête à tête avec *Les quatre saisons*. Enfin, il reconnut la voix grave et lente de Grook. Ils convinrent d'un rendez-vous en ville, à treize heures trente. Après quoi, Dachi tenta à nouveau de joindre Léda, sans succès.

Devant la cabine, Hocine l'attendait. Hocine, c'était un chef de bande local. Un garçon de dix-huit ans qui en paraissait dix de plus. Visage long, nez fin, bel exemple de dolichocéphale. Veston de cuir, boule à zéro. Hocine avait quelques problèmes d'autorité depuis l'été précédent, car il avait eu son bac avec une note phénoménale en maths. Il lui avait fallu compenser cette compromission avec le système par une action d'éclat. Il avait donc mis le feu à la fac Saint-Jérôme, ce qui lui avait permis de reprendre ses troupes en main et de rétablir l'ordre, toujours menacé lorsqu'une bande se cherche une nouvelle tête.

— T'en as mis un temps !

— Tu voulais me voir ?

— Ouais. Y a des types pas nets qui rôdent dans la cité. Tu les connais ?

— Ah. Tu parles de la BM grise ?

— Ils l'ont plus, la BM grise. Maintenant elle est bleue et c'est le plombier du B 8 qui la conduit. Il est heureux, tu peux pas savoir !

— Tu l'as bougée pendant qu'ils étaient chez moi, c'est ça ?

— Tu connais ces types, oui ou non ?

— Ecoute, Hocine, je ne les connais pas, mais je sais qu'ils sont dangereux. Très dangereux. Des porteurs de flingues sans doute. Ne faites pas de conneries.

— On aime pas que des keums viennent faire la loi ici. C'est eux, la mémé ?

Dachi-le-médiateur tourna sept fois sa langue dans sa bouche. S'il répondait oui, un bain de sang pourrait être au programme. Les gars de Hocine n'avaient rien de défenseurs de la mémé et de l'orphelin, mais il y avait en jeu une affaire de territoire. Toutefois, il venait de dire qu'ils étaient *très* dangereux, et Hocine n'avait rien d'un imbécile. Il fallait temporiser.

— Rien de sûr, Hocine, rien de sûr. Ecoute : laisse-moi le temps de mettre au clair cette histoire. Je te tiendrai au courant.

— Faut pas qu'ils traînent trop longtemps dans le coin, sinon ça sera chaud. C'est pas des flics ?

— Non.

— D'accord, on attend. Pas longtemps. Autre chose.

— Quoi ?

— Sanchez, l'épicier, il a dit qu'il allait s'acheter un fusil à pompe. S'il fait ça, il aura du mal à passer Noël.

— J'irai le voir.

Hocine hocha la tête et s'en alla.

UN APACHE SUR LE TOIT

L'Apache vivait dans un tipi fait de vieilles moquettes tendues sur des perches de bois frais, sur le toit en terrasse de la tour B 16, entre les antennes et la cheminée de la chaudière. Dachi avait fait sa connaissance un an auparavant, lorsque le Comité d'intérêt de quartier lui avait demandé d'enquêter sur de mystérieux jets de flèches. Après une longue étude balistique pour laquelle il s'était fait aider par Julos Guttierez, professeur de mathématiques au collège voisin, ainsi que par Hocine qui s'était découvert, à cette occasion, une vocation scientifique, Dachi avait réussi à localiser l'origine des tirs. Raoul Babinetti, alias Nuage d'Acier, avait adopté le mode de vie indien urbain. Il était né en Corse. Il avait été docker, marchand de marrons, chauffeur poids lourds, boxeur, producteur d'œufs de caille puis chômeur. Depuis quelque temps, il était apache. Vêtu d'un pagne, le corps orné de motifs colorés, il était petit et musclé. Ses pommettes saillantes étaient soulignées par d'épais traits noirs et sa large bouche laissait voir des dents acérées. Un foulard noir lui ceignait le front. Il allait pieds nus, sur le béton. Dachi et lui avaient échangé leur sang, après que le sage eut obtenu de Nuage d'Acier qu'il mît fin à ses hommages hebdomadaires au dieu soleil, hommages qui se traduisaient par des volées de flèches tirées vers le ciel. Raoul n'avait, en effet, pas pris en considération le fait que les flèches retombaient, vers le bas.

— Mon cœur s'emplit de joie, mon frère !

— Salut à toi, mon frère, répondit Dachi, essoufflé par son escalade de quatorze étages puis de l'échelle donnant accès au toit. L'ascenseur était en panne depuis juin 1979.

— Tu viens partager le pemmican ?

— Non, mais j'ai du bon tabac. Dis donc, fait pas chaud ici !

— C'est le dieu mistral, il me fait un peu des misères en automne. J'ai dû tirer quelques câbles entre le tipi et les antennes, sinon ça s'envolait.

— Ah, je comprends pourquoi les locataires se plaignent d'avoir les chaînes brouillées.

— La télé, toujours la télé, y z'ont perdu le sens de la vie !

Ils fumèrent dans le tipi, autour d'un feu de brindilles. Nuage d'Acier avait préparé le café sur son camping-gaz.

— Ça va en bas ?

— Ça s'agite un peu ces temps-ci.

Et là, Dachi El Ahmed commit une erreur. Il se confia à Raoul Babinetti, son frère de sang. La mémé, la carte, Patipoulos, le chien… Pour lui, parler à Nuage d'Acier ne portait pas à conséquence. Ce qu'il ignorait, c'est que l'Apache avait, dans le temps, fait partie de la célèbre bande corse dite de "La Brise de Mer", qui comptait à son actif quelques hold-up spectaculaires. C'est après le démantèlement de cette fine équipe qu'il s'était mis au vert, à Frais Vallon.

— Tu veux que je te garde le chien, pas de problème, mais s'il tombe ?

— Faudra l'attacher, mon frère. Tu as de la place ici. Et puis, je ne te le laisserai que de temps à autre.

— Bien, bien. Alors, si j'ai bien compris, tes types aux couteaux, c'est après lui qu'ils en ont ?

— Pas sûr. Il y a peut-être un autre Hassan.

Au moment de se quitter, Nuage d'Acier tendit à Dachi un grand sac plastique noir plein à craquer.

— Frère, ça t'ennuie pas de me descendre les poubelles ?

Ils posèrent chacun la main sur le cœur de l'autre puis se séparèrent. Dès qu'il fut seul, Raoul Babinetti alla exhumer une valisette cachée sous son grabat. Il la dépoussiéra soigneusement, un mince sourire aux lèvres, et l'ouvrit. Elle contenait un costume trois pièces, gris perle, et un vieux P 38 avec ses munitions. L'Apache de guerre était déterré.

*

— Vous vous croyez autorisé à me dire ce que j'ai à faire ?

Non, Dachi ne le croyait pas, c'était net. Même la cabine téléphonique ne le croyait pas. Il y avait comme un feulement dans le combiné.

— Ce n'est pas moi, Léda, c'est votre père qui l'a demandé.

— Qui vous autorise à m'appeler Léda ? Quant à lui, ils lui ont tapé trop fort sur la tête !

— Pas la tête, les côtes. Ecoutez, moi je me borne à transmettre le message, c'est tout.

Il n'osait pas lui poser la question qui lui brûlait les lèvres. Pour tempérer cette flamme rousse, il faudrait de l'eau, beaucoup d'eau. Il songea à la chanson de Brassens, *L'orage*, et se dit qu'il devrait la revoir un jour de pluie.

— Bon, c'est tout ?

Il inspira longuement avant d'ajouter :

— Peut-être faudrait-il qu'on se parle.

— Je ne vois pas pourquoi.

Dachi improvisa. Un peu putassier sans doute, mais il fallait bien garder le fil d'une façon ou d'une autre…

— Il n'est pas impossible que monsieur Patipoulos reçoive une nouvelle visite.

— Quoi ? Qu'est-ce que c'est que cette histoire ?

— Pas au téléphone.

Le silence qui suivit tremblait au bout de ses doigts. L'Erinye répondit enfin :

— J'irai demain à la Timone. A midi.

— J'y serai.

*

Le vent glacé balayait la rue Longue des Capucins. Dachi termina son quart de pizza gluant, essuya méticuleusement ses doigts huileux dans un mouchoir en papier, puis rabaissa la visière de sa casquette de laine marron. Son large front offrait trop de prise et les jours de mistral, la migraine battait à ses tempes. Il ne mettait que rarement les pieds dans la ville portuaire. L'autre ville, qui reléguait son bout de banlieue vers le continent. Ce n'est qu'à l'âge de quatorze ans que Dachi avait vu la mer pour la première fois. Pour un Marseillais, il y avait de quoi ricaner en regardant les émois de Marius à la télé. Pourtant, l'appel du large il l'avait ressenti aussi, à sa façon. L'appel du désert et des hauts plateaux. Il y avait passé un bout de temps. Suffisamment pour vider son amertume et revenir avec des poèmes plein les poches.

Le bar des Amis. Du bruit. De la fumée. La fumée ne le dérangeait pas, le bruit si. Grook était accoudé au comptoir. C'était un homme à la face large et à la mâchoire lourde. Bel exemple de brachycéphale. Il portait l'un de ces vêtements anglais conçus pour protéger de la pluie et de l'humidité, un wax bleu nuit dont la pellicule graisseuse avait fondu depuis longtemps. L'imperméable était craquelé, le bonhomme aussi. Surtout autour des yeux. Fortement charpenté dans sa jeunesse, son corps avait subi, avec les années, un double effet de tassement vertical et de rétrécissement horizontal. Le dos rond et le cou rentré dans les épaules, blanchi sous le harnais. Il était en train de raconter une histoire à un petit homme dont la tête avait une forme curieuse, comme si elle avait été dessinée suivant une ligne oblique, de la pointe du menton jusqu'au sommet du crâne.

— Dimanche, j'étais de permanence avec Paoli, le photographe. Il me dit : si on bouffait ensemble à midi ? Je t'invite au cabanon, on se fait griller quatre côtelettes.

Grook fit claquer la paume et le revers de sa main droite dans sa main gauche – le bruit de la côtelette jetée sur le grill.

— J'y dis OK. On prend sa voiture, bon. En chemin il s'arrête devant une boulangerie et là, il me fait : tu sais quoi, je vais acheter le pain, toi tu t'occupes des côtelettes !

Le petit homme s'étouffa de rire dans son anisette.

— Monsieur Grook !

Le journaliste se retourna et sourit largement.

— Ah, Casimir, laisse-moi te présenter l'homme qui m'a évité de me faire truffer de plombs à Frais Vallon. Ahmed, heu…

— Dachi El Ahmed.

Le dénommé Casimir piqua une deuxième crise.

— Déconne pas, Casimir. On peut se tutoyer ?

— Si vous voulez, répondit Dachi.

— Qu'est-ce que tu… qu'est-ce qu'on boit ?

Dachi accepta un verre de vin rouge. Ils trinquèrent. Le sage trempa ses lèvres et s'en tint là.

L'horrible piquette ! Il tira de sa poche la carte postale et le plan du Caucase, puis posa les yeux sur Grook et attendit. Devant ce regard froid et attentif, le journaliste se rappela une réflexion qu'il s'était faite à l'époque où ils s'étaient rencontrés : pas d'humour, ce gars. Ce en quoi il se trompait, mais les humains, même bien intentionnés, mettent plus de temps qu'ils ne croient à s'apprendre. Grook soupira, chaussa une paire de loupes et se pencha sur les documents. Dachi pointa l'index sur les croix tracées autour de la ville de Grozny. Grook hocha la tête et examina la carte postale. Il fit la moue et remonta ses loupes au-dessus de ses sourcils.

— Quel est le problème exactement ?

Dachi répugnait à lâcher trop d'informations. Le journaliste n'était pas un frère de sang.

— Je cherche à savoir s'il y a un lien entre cette lettre et ces petites croix sur la carte. Pour cela, j'ai besoin d'un traducteur bien sûr, mais aussi de quelqu'un qui m'explique grosso modo la situation en Tchétchénie.

— Ouais, ouais… mais pourquoi ?

Grook alluma une cigarette et observa Dachi à travers la fumée. Le petit Casimir avait le nez dans son anisette et l'oreille dressée.

— J'ai perdu une vieille amie. Elle vivait seule. Je voudrais savoir si elle a de la famille, pour prévenir.

Grook tirailla un long poil noir qui dépassait de sa narine gauche.

— De la famille, en Tchétchénie ?

— Peut-être.

Dachi avait l'impression que le journaliste essayait de se faire plus fin qu'il n'était. Il n'avait même pas l'air d'être au courant de l'assassinat d'une femme à Frais Vallon. Lisait-il les journaux ? Grook finit par extraire le long poil noir et en colla l'extrémité graisseuse sous le rebord du comptoir.

— Y a pas une vieille qui s'est fait trucider dans les quartiers nord ? demanda le petit Casimir.

Grook lança un regard en coin à l'homme au crâne oblique, puis un autre à Dachi.

— C'est elle ?

— Oui, soupira El Ahmed. On lui a pris trente euros.

— Trente euros, putain ! C'est pas cher une vie, fit Casimir en regardant son verre vide.

— C'est ce qu'il y a de meilleur marché, lâcha Grook.

Le journaliste baissa les yeux vers l'oiseau dessiné au crayon sur la carte postale.

— On va aller voir ma copine Chamine, fit-il. Il tira un téléphone mobile de sa poche revolver. Dachi lui posa la main sur le poignet pour l'arrêter avant qu'il ne compose le numéro.

— Qui est-ce ?

— Une ancienne reporter. Une grande dame. Elle est allée partout où ça chauffait. Maintenant elle est un peu destroy, mais elle sait beaucoup de choses.

— Destroy ? fit Dachi.

— Au whisky.

— C'est sa maîtresse, ricana l'Oblique.

— Parfaitement, gronda Grook. Ma maîtresse à penser, imbécile !

Il alla se réfugier au bout du comptoir, près des toilettes, pour passer son appel à l'écart du brouhaha.

— C'était une amie de sa mère, confia Casimir avant de commander une autre anisette.

— Pourquoi *c'était* ?

— Elle est morte y a deux ans. Sa mère, je veux dire.

Le petit homme sirota son anis blanc. Il clappait du bec entre chaque gorgée pour faire durer le plaisir. Grook fit un signe pour attirer leur attention.

— Ce soir, huit heures, ça va ?

Dachi acquiesça. Ils convinrent de se retrouver au bar, une demi-heure avant le rendez-vous.

*

A dix-sept heures, Dachi toqua à la porte de madame veuve Gadjian. Il avait promis à Hocine d'intervenir auprès de Sanchez l'épicier, au sujet de cette histoire de fusil. Il espérait obtenir l'appui de la veuve dont le fils, qui avait réussi dans le commerce des agrumes, fournissait Sanchez à des tarifs préférentiels. Dame Gadjian n'avait guère de sympathie pour les jeunes qui écumaient le quartier, mais elle avait l'intelligence de se fier à la sagesse de Dachi. Elle l'aiderait certainement à convaincre l'épicier de ne pas jouer les cow-boys.

Une pupille glissa derrière le judas, puis la porte s'entrouvrit. La veuve examina les alentours, circonspecte.

— Pas de chien ?

— Non, madame Gadjian. J'ai quelque chose à vous demander.

Le visage de la veuve se détendit. Elle battit des cils et sa bouche pulpeuse se mit à palpiter. Elle fit entrer Dachi et referma derrière lui. Elle portait une robe toute simple, jaune pâle, à peine resserrée à la taille. Elle consulta sa montre au bracelet d'or fin.

— Tu sais que j'ai rien à te refuser, fit-elle d'une voix de jeune fille, mais c'est peut-être un peu tôt…

— Non, il ne s'agit pas de…

Dachi s'interrompit, l'esprit soudain troublé. Le sage était perplexe. Le regard rivé aux lèvres frémissantes de l'honorable veuve, une érection impromptue le faisait vibrer de la tête aux pieds. Madame Gadjian, qui avait une certaine expérience des choses de la vie, ne fut pas sans remarquer l'émoi de son visiteur. Surprise et ravie. A partir de là, les événements s'enchaînèrent avec célérité et intensité. Dachi coinça la veuve contre la porte et s'abîma dans un froissement jaune pâle. Ils commencèrent debout et finirent sur la moquette, car l'émotion qui s'empara de dame Gadjian fut telle que ses jambes ne pouvaient plus la soutenir. Ils étouffaient leurs gémissements, à cause du voisinage toujours aux aguets, et le bruit de leurs souffles rauques les excitait davantage.

Au bout d'un moment qui, disons-le tout net, ne fut pas très long, ils se relevèrent, échevelés ; la veuve rajusta ses dessous et sa robe avec un délicieux sourire embarrassé. Dachi ne l'était pas moins.

— Je… je vais faire du café, murmura-t-elle avant de disparaître dans la salle de bains.

Le sage s'assit. Il se roula une cigarette, s'appliquant à calmer le tremblement de ses doigts. Dame Gadjian passa dans la cuisine et l'odeur du café ne tarda pas à emplir l'appartement. Elle apporta deux tasses sur un plateau. Elle s'était remaquillée, coiffée, mais elle avait gardé sa robe froissée.

— Tu veux bien m'en rouler une ?

— Mais… vous ne fumez pas, madame Gadjian !

— Aujourd'hui, si, répondit-elle avec une grande douceur.

Impossible de lui parler de Sanchez à présent. Ils fumèrent. Le sage but son café, baisa la main de la dame et s'en retourna chez lui.

Le beagle l'attendait, tranquillement assis. Ils s'observèrent. Dachi songea à *L'insoutenable légèreté de l'être* et se demanda si le chien avait lu Kundera. "Alors toi, tu peux !" avait l'air de dire Hassan. Le sage n'en menait pas large. Hassan le coureur des bois, qui avait besoin d'espace, d'arbres, de fourrés, était confiné dans un petit T2. Peut-être l'animal avait-il autrefois parcouru les vallées heureuses et les montagnes du Caucase… Quelle était son histoire ? Et celle de Liliana Oumaraq ?

Le cabot le regardait avec ses yeux noirs, profonds. Calme étrange pour un toutou fou. Diogène plaçait le chien avant l'homme dans la hiérarchie de la sagesse. Lui qui exprime ses désirs sans honte, qui sait prendre patience lorsqu'il n'y a aucune alternative. Dachi n'était pas très fier à l'idée de le laisser en garde à l'Apache, sur la terrasse d'un bloc de béton. En guise d'exutoire, il ne lui offrirait qu'une vague cheminée ou un pied d'antenne.

— Faut qu'on y aille, fit l'homme en regardant sa montre. L'animal se dressa aussitôt sur ses pattes. Toujours partant, même pour nulle part.

NUAGE D'ACIER RENOUE AVEC "LA BRISE"

L'Apache avait remisé ses peintures de guerre. Petit costume trois pièces et attaché-case, il gravissait allègrement le chemin de pierres qui menait au cabanon de son ancien complice. Cabanon amélioré, il faut le souligner, coquette villa même, agrémentée d'un jardin de rocailles et d'une pinède de bon aloi. Un abri de choix dans les collines marseillaises, pour un truand sur la touche.

Raoul Babinetti fut assailli par un pincher excité qui lui happa une chaussette. Un coup de mallette sur le crâne ne dissuada pas le roquet.

— Andreotti, dis à ton clebs de se calmer ! hurla Raoul.

— Casier, viens ici ! tonna ledit Andreotti dont la large bouille venait d'apparaître à la fenêtre.

Ex-membre de la bande de "La Brise de mer", Andreotti, surnommé "Roulis", fut jadis un pêcheur de sardines qui avait essuyé trop de grains. La cigarette de contrebande imprégnée d'odeurs de poisson se vendant mal, l'homme s'était recyclé dans des filières à rentabilité plus rapide. Il s'était sorti sans trop de mal de l'épisode de "La Brise de mer", contrairement à Raoul qui avait moins de compétences que lui pour assurer ses arrières. Spécialisé dans le recel et le blanchiment à petites doses, Andreotti dirigeait benoîtement une pizzeria à double porte, qui satisfaisait autant les clients férus d'anchois et de mozzarella, que les magiciens de la monnaie qui, avec cent euros d'argent sale, en récupéraient soixante nets d'impôts et propres comme des sous neufs.

Lorsqu'un "ancien" refaisait surface, maman Andreotti se repliait dans sa cuisine. Les deux natifs de Kallisté pouvaient causer tranquilles.

— Comment va, demanda Roulis, en calant son large fessier dans un fauteuil de cuir usé. Il était, en effet, le premier consommateur de sa propre production, il engouffrait de la pizza à tous les repas et sa taille de jeune fille en avait pris un coup. Toujours dans ta guitoune ?

— Un tipi, corrigea Raoul. Une paix, tu peux pas savoir !

— Ne me fais pas rire, ricana le recycleur d'anchois.

— Quand y a du mistral, je peux voir la mer.

Les civilités une fois terminées, Raoul entra dans le vif du sujet et exposa l'étrange histoire de Dachi El Ahmed, des tueurs et du chien tchétchène.

Roulis prit le temps de la réflexion. Après le café et le cigare, il déclara tout de go :

— Faut considérer la possibilité qu'y ait un paquet de fric à la clé.

— C'est ce que j'ai pensé.

— Mouais. Ce que je pige pas, c'est que tes tueurs, c'est après le chien qu'ils en ont.

— A moins que ce soit une coïncidence.

— Et ce chien, tu vas l'avoir avec toi.

Silence. Les yeux mi-clos, Roulis faisait tourner dans sa cervelle l'image d'un gros sac de pognon. Quand l'image eut fait le tour, elle revint à sa place première et le Corse conclut :

— Raoul, tu vas droit vers les emmerdes.

— Mon pote, il me faut une bonne paire de jumelles et un téléphone portable en état de marche.

— Pour quoi faire, le portable ?

— En cas de besoin.

— Oooh, Raoul, c'est plus pour moi, ça.

— Ecoute Roulis, y a trente pour cent pour toi si tout se passe comme je l'espère.

— Sinon ? fit Andreotti en fermant un œil.

— Je t'appellerai seulement si j'ai besoin d'une aide technique, pour le reste, je me démerde.

— Aide technique, mouais... Raoul, je préfère te prévenir, suivant le genre d'aide technique, le pourcentage risque de changer.

Ils tombèrent d'accord et Raoul Babinetti, alias Nuage d'Acier, regagna sa tour avec, dans sa mallette, le matériel demandé.

C'est la mort dans l'âme que Dachi confia le chien à l'Apache, qui avait retrouvé sa couleur locale. Nuage d'Acier arrima la chaîne qu'avait achetée Dachi à un câble enroulé autour d'un pied d'antenne. Hassan n'émit aucune protestation. Il s'assit sur le béton et braqua ses yeux tristes vers l'homme qui l'abandonnait.

— Occupe-toi bien de lui, fit ce dernier d'une voix un peu enrouée. Je ne te le laisserai pas longtemps, ne t'inquiète pas.

— Pas de problème mon frère, avec le paquet de croquettes que tu as amené, y a de quoi le nourrir jusqu'à la prochaine lune.

— N'oublie pas de lui donner à boire.

Lorsqu'il fut parti, Nuage d'Acier tira une paire de jumelles de son attaché-case, avança jusqu'au bord de la terrasse et commença à examiner les alentours. L'Apache était au sommet de sa montagne, comme autrefois dans sa Corse natale. Il grimpait sur les hauteurs et embrassait la contrée sauvage dont le socle rude s'enfonçait dans la mer bleue. Le monde lui appartenait, et le monde était une île merveilleuse. Un jour, il y retournerait, dresserait un tipi parmi les chênes et les buissons de ciste. Il aurait un cheval, quelques chèvres, un puits, et la liberté. C'était son rêve. Peut-être pourrait-il le réaliser d'ici peu.

Il porta son attention vers l'immeuble de Dachi. Parmi les voitures parquées sur la plage de bitume, il devait y en avoir une avec deux hommes à bord. Deux hommes qui cherchaient un chien et ne le savaient pas. Il finit par repérer une Audi bleu métallisé, aux vitres teintées. On ne distinguait pas grand-chose à l'intérieur, mais il lui sembla qu'une paire de mains s'agitait au-dessus du tableau de bord.

*

Les épiciers vietnamiens de la rue Longue des Capucins étaient les derniers à fermer boutique. Dachi les observait en battant la semelle. Il attendait le journaliste, qui était en retard. Il s'en était douté avant de venir, mais lui, il était ponctuel. Un principe auquel il n'aimait pas déroger. Il grignota son troisième pain azyme. C'était un peu sa ration de survie, une habitude qu'il avait acquise pendant ses années universitaires. Il appréciait toujours ce pain craquant, peu sucré et nourrissant. Après avoir avalé la dernière bouchée, il roula une cigarette. Le froid avait engourdi ses doigts. Celle-ci serait tordue.

A huit heures vingt, une vieille 4 L stoppa à sa hauteur. La portière côté passager s'ouvrit.

— On y va ?

Dachi monta et Grook démarra aussi sec.

— Salut ! fit Casimir installé à l'arrière.

Ils ne se quittaient donc jamais, ces deux-là ? Qu'était le petit homme au crâne oblique pour Grook ? Un indic ? Un faire-valoir ?

— C'est loin ? demanda-t-il.

— Pas très loin de chez vous. Elle habite à Bois Joli.

— Bois Joli, Frais Vallon, chantonna Casimir, c'est beau la campagne.

Grook conduisait avec des à-coups, comme s'il ne maîtrisait pas totalement son véhicule. Mais la 4 L était souple, elle supportait sa brusquerie en gémissant à peine. C'est sans doute pour cela que le journaliste la préférait à tout autre véhicule, hormis le Solex dont il avait tâté dans ses jeunes années. De temps à autre, il lançait un coup d'œil vers le rétroviseur, comme pour vérifier que Casimir ne s'était pas envolé. Le petit bonhomme se laissait trimbaler sans se départir de son doux sourire de benêt. De benêt ou de sage, finit par se dire Dachi, les deux allant souvent de pair, comme il est démontré dans les sublimes idioties de Nasr Eddin Hodja, ce génie perse légendaire. Dachi calqua son comportement sur celui Casimir, il se détendit et s'abîma dans la poésie de Khayyâm… *Livre ton corps au destin, et ton âme à la merci des heures…*

Ils franchirent un vieux portail rouillé et s'arrêtèrent devant le perron d'une maisonnette de style rococo, comme les affectionnaient les bourgeois marseillais aux temps lointains de la prospérité. Un cercle de vieux pins tourmentés cernait la demeure dont l'entrée était protégée par une verrière en éventail. La porte s'ouvrit et une fringante jeune femme brune apparut.

— Entrez vite, Gabrielle a froid ! dit-elle en s'effaçant pour les laisser passer.

— Julia, la fille de Gabrielle Chamine. Julia, je te présente Dachi El Ahmed, grommela Grook avant de s'engouffrer dans le vestibule.

Des yeux d'écureuil, rieurs, inquisiteurs, qui vous palpaient comme des doigts de fées. En passant devant elle, Dachi ressentit des picotements dans la nuque. La jeune femme dégageait des senteurs de fleurs fraîches et acidulées. Elle glissa un bras autour des épaules de Casimir qui souriait aux anges.

— Alors, vieil arthritique, toujours avec ton singe râleur ?

La salle de séjour était éclairée par trois appliques de céramique blanche. Un mobilier hétéroclite, des vases d'Orient, des statuettes chinoises ou thaïlandaises aux yeux inquiétants, une table basse aux pieds biscornus et sur le mur, dans un cadre d'aluminium, une grande photo en noir et blanc montrant Indira Gandhi en compagnie d'une femme au visage osseux, au menton volontaire, la cigarette au bec. Des odeurs d'encens. Des rideaux noirs. Des fauteuils de velours pourpre tout usés. Des étagères murales chargées de bouquins couvraient deux murs.

— Je vais la réveiller.

La brunette disparut. Grook se laissa tomber dans un des fauteuils et pointa le doigt vers la photo.

— C'est elle, à côté d'Indira Gandhi. Gabrielle. Elle était grand reporter.

Casimir cala son étroit fessier sur un tabouret bas. Dachi n'osait s'asseoir. Il n'y avait que trois fauteuils et l'on attendait la reine mère.

L'entrée en scène fut à la hauteur. Un peu échevelée, grisonnante, ridée comme une vieille pomme, des bajoues alourdissaient un menton jadis plein d'allant. La déesse mère après une nuit d'orgie ? Elle portait un peignoir de soie chamarrée orné de grues couronnées or et argent. Derrière elle, Julia semblait toute menue, presque sobre malgré sa jupette rouge et ses collants vert bouteille.

Dame Chamine prit place dans le fauteuil central et son regard incisif se porta sur Dachi.

— Asseyez-vous, monsieur El Ahmed, fit-elle d'une voix profonde, un peu gutturale.

— Je fais du thé pour tout le monde ? demanda Julia.

La proposition plongea Casimir dans la morosité, ce qui provoqua chez la reine mère un rire grasseyant qui se termina en quinte de toux. Dachi prit place dans le troisième fauteuil. Lorsqu'il vit la maîtresse de maison allumer un fin cigarillo, il sortit son tabac.

Une épaisse fumée voile le visage de la dame. Elle observe l'inconnu. Elle voit un homme étrange, calme et anguleux, qui ne détourne pas les yeux, dont le regard reste ouvert. Il lui fait très bonne impression. De l'autre côté, Grook qu'elle connaît depuis longtemps, un homme qui a en partie cessé de vivre. Dont la jeunesse ne s'est pas éteinte toutefois, grâce à cette fidélité à l'enfance qui a guidé ses pas. Un peu en retrait, chevauchant son tabouret, le troisième larron est le comique de service. De surface. Le plus vieux, mais plein de vitalité animale, qui soutient Grook le fatigué sans vraiment s'en rendre compte. Ou peut-être, au contraire, en est-il pleinement conscient. Discrètement précieux. Elle est comme ça, dame Chamine, elle brosse des portraits mentaux des gens autour d'elle. Des esquisses plutôt, auxquelles elle ajoute de fines touches au fur et à mesure qu'elle découvre ses interlocuteurs. C'est en partie pour cela que sa plume était fameuse. Alerte, légère, précise comme un trait de peinture chinoise.

Julia revint avec deux plateaux. Julia, sa lumière, qu'elle rabrouait parfois pour masquer l'immense bonheur qu'elle ressentait en sa présence. Un plateau pour les boissons, l'autre chargé d'amuse-gueules divers, anchois roulés baignant dans une sauce piquante, olives vertes et noires, toasts au tarama, petits poivrons jaunes dans leurs ramequins, concombres et tranches de pain oriental plat et parsemé d'épices. Dachi se sentit en pays de connaissance. Casimir se fendit d'un large sourire, parce que la petite brune avait amené de l'ouzo, sa boisson préférée. Grook, lui, préférait le thé copieusement arrosé de rhum. Dachi fit la grimace en se demandant comment le journaliste parvenait à avaler cette mixture. Mais ses yeux se fermèrent et une expression de ravissement passa sur ses traits lorsqu'il huma le parfum du thé. C'était un Oolong que la dame faisait venir spécialement de Taïwan.

Une loupe à la main, Gabrielle Chamine examina le plan qu'elle avait étalé sur ses genoux. Sur un guéridon près de l'accoudoir gauche, elle avait installé une lampe de chevet orientable dont le faisceau lumineux éclairait le Caucase. Ses doigts aux ongles carmin lissaient le papier, comme si elle déchiffrait mieux avec la peau. Elle leva le front et son regard se posa sur Dachi.

— Ces petites croix indiquent des offensives tchétchènes contre des positions de l'armée russe, dit-elle avec lenteur. Passez-moi la carte postale.

Dachi la lui tendit.

— Vous savez lire le tchétchène ?

— Gabrielle connaît douze langues, répondit Julia avec une pointe de fierté.

La jeune femme s'assit près de Casimir, sur un second tabouret. Elle se tint droite, sans raideur. Des mèches de ses cheveux noirs, tenus par une pince, retombaient sur sa nuque. Petit échange de regards avec Dachi qui céda le terrain et écrasa son mégot dans le cendrier. Grook les observait, pardessus le rebord de sa tasse de rhum.

— C'est un homme qui écrit à sa mère. Voici ce qu'il dit : *Ils ont fini par détruire la maison. Ilyas et ses deux fils ont disparu. Il faut les ajouter à la liste. L'hiver s'annonce rude mais ne t'inquiète pas, j'ai un abri sûr. Je suis heureux de te savoir loin de toute cette…* là ce doit être de l'argot, quelque chose comme saloperie, je suppose. *Tu me manques beaucoup. Je suis toujours avec Amya. Je sais, il faudrait qu'on se marie, on pourra bientôt j'espère, mais tu sais comment on vit. Si tu as besoin d'argent, tu sais comment faire avec Hassan. N'hésite pas à puiser dans la caisse, ce compte est à nous tous, à toi aussi. J'essaierai de venir, peut-être après l'hiver. Sinon, je t'enverrai des nouvelles. A bientôt, petite mère chérie.* C'est signé *Akhjad.*

Suit un silence un peu lourd. L'ancienne reporter continua son examen. Elle chercha sur la planisphère le nom de la localité représentée sur la carte postale.

— J'ai trouvé ! dit-elle. Ça vient de Chali !

— Faudrait peut-être nous en dire un peu plus maintenant, soupira Grook, l'œil braqué vers Dachi.

— C'est la mémé de Frais Vallon, pas vrai ? dit Casimir.

Dame Chamine posa la loupe sur ses genoux.

— Racontez-nous votre histoire, monsieur El Ahmed.

Dachi s'en roula une deuxième. Après tout, il était venu chercher de l'aide. Alors il raconta. Le meurtre, les deux types, l'agression de Patipoulos, le chien nommé Hassan…

— Le chien s'appelle Hassan ? s'exclama le petit homme.

— Cette histoire sent mauvais, dit Grook. C'est la guerre là-bas, et ces deux tueurs travaillent sûrement pour les Russes.

— Pfui… lâcha Casimir en haussant les épaules. Qu'est-ce t'en sais si c'est des tueurs ? Et qu'est-ce tu veux qu'y viennent faire ici, tes Russes, fada !

— Ah oui ? Et la carte alors ? Tu sais ce qui se passe en Tchétchénie ?

— Et toi, Gian, tu sais ce qui s'y passe ? s'enquit dame Chamine, doucereuse.

Dachi observa Grook. Gian ? Djian ? Italien ou Arménien ?

— Une rébellion contre l'empire Poutine, l'armée russe qui massacre, des enlèvements, des meurtres…

— Il y a un oléoduc dans le Caucase, je crois, encore une histoire de pétrole.

— Tu as raison, Julia, acquiesça la dame. Le Caucase a une importance stratégique, il y a environ une trentaine de gisements en Tchétchénie, le pétrole de la Caspienne alimente l'Occident et les anciens pays du bloc soviétique par oléoduc. Mais ce n'est pas la seule raison de cette guerre. Les Russes craignent un effet "domino" s'ils laissent la Tchétchénie devenir indépendante.

— Qué domino ? fit Casimir.

— Il y a des poussées nationalistes dans toute la Fédération de Russie, de la Géorgie au Caucase, depuis la fin de l'URSS. Si les Tchétchènes gagnaient leur indépendance les armes à la main, l'exemple ferait peut-être tache d'huile.

— Mais la mémé, dans tout ça ?

— Casimir, bois un coup ! lui dit Grook, un peu agacé.

— Me prends pas pour un couillon, journaliste de mes deux, moi je pose des questions concrètes !

— Oui, la mémé ! coupa dame Chamine. Question essentielle ! Son fils se prénomme Akhjad, comme le général Akhjad Oumaraq. S'il s'agit du même homme, monsieur El Ahmed se trouve dans une situation très délicate.

Ces dernières paroles firent l'effet d'un coup de poing sur la tête de Dachi. Il ne leur avait pas dit le nom de famille de la mémé. Tous avaient les yeux tournés vers lui.

— En effet, elle s'appelait Liliana Oumaraq, lâcha-t-il dans un souffle.

Dame Chamine alluma un second cigarillo. Elle envoya la fumée au plafond en observant attentivement Dachi.

— Akhjad Oumaraq est l'un des chefs de la résistance dans son pays. Il s'oppose aux Russes, mais aussi à d'autres factions tchétchènes dont les extrémistes islamistes. C'est un homme entouré d'ennemis, une sorte de… Massoud du Caucase. Je ne sais pas quel est le rapport avec le chien, mais dans sa lettre le général Oumaraq parle d'argent, d'un certain Hassan et d'un compte… bancaire, je suppose. – Elle tapota la missive du bout de son ongle carminé : *Ce compte est à nous tous…* écrit-il ! De l'argent pour la résistance ? On peut le supposer. Si c'est le cas, il doit s'agir d'une somme importante. Cela expliquerait pourquoi deux hommes ont agressé votre ami et fouillé votre appartement. Ils cherchent à mettre la main sur cet argent.

Petit silence. Grook se gratta la joue. Ça crissait. Il se rasait deux à trois fois par semaine, laissant des fibres de coton rougies sur le bord du lavabo.

— Ben mon pote, on dirait que t'as l'avenir de la révolte tchétchène entre les mains ! fit-il, un rien ironique. Il s'était finalement décidé pour le tutoiement.

— Ça ferait un bon titre ça, hein ?

— Déconne pas, Casimir, dit Julia.

— C'est quoi comme chien ? reprit l'homme au crâne oblique qui soudain éclata d'un rire suraigu. J'y suis, si c'est lui qui a le magot, c'est un Rockfeller, hi hi, un Rockfeller…

Grook fut agité de deux ou trois secousses, puis passa une main sur sa bouche et prit un air grave. Julia fronçait les sourcils. Elle n'avait pas compris le jeu de mots approximatif de l'Oblique.

— Bien, on peut toujours rire avec la peau des autres ! gronda dame Chamine.

— Oh, Gabrielle, qu'est-ce que tu veux qu'on fasse ? Une manif ?

— Alerte la SPA ! s'esclaffa Casimir, plié en deux sur son tabouret. Une vraie crise.

— Mais vous êtes complètement cons tous les deux ! s'insurgea Julia. Les assassins, ça vous fait rire ?

Un voile de tristesse tomba sur le visage de Grook. Des plis amers apparurent au bord de ses lèvres. Tout à coup, il avait l'air plus vieux.

— T'as raison. Peut-être que le mieux serait d'aller là-bas, de prendre un fusil et de se battre aux côtés de cet Oumaraq, puisque Gabrielle semble dire que c'est un type bien. Tu sais, si j'avais des couilles je le ferais peut-être. J'ai pas de gosses, j'en ai jamais voulu… les faire naître dans ce merdier… Je me demande ce qu'on a encore à perdre.

Temps mort.

Casimir fixait la pointe de ses souliers. Il ne connaissait pas le mot “empathie”. Il se contentait d’avoir mal aux autres. Ce qui le rangeait dans la catégorie des “perdants” aux yeux des gens réalistes.

Julia se mordillait la lèvre. Elle connaissait son Grook et s’en voulait d’avoir réveillé la bête triste qui lui bouffait l’âme. Elle était en train de finir ses études de psycho, et avait compris depuis pas mal de temps que les antidépresseurs ne pouvaient rien pour lui.

Dame Chamine reprit les choses en main.

— Tu es journaliste, mon garçon. Tu n’as pas besoin d’un fusil. Fais ce que tu sais faire, et fais-le bien. Elle se tourna vers Dachi : Et vous, qu’est-ce que vous comptez faire ?

Khayyâm était un peu trop loin de toutes ces contingences pour lui apporter de l’aide. Tout en roulant sa sixième tige, il consulta Nasr Eddin le fou. En apprenant l’identité du fils de la mémé, il avait senti la peur s’insinuer en lui comme un petit serpent. C’était bien. Dachi était un rêveur qui aimait bien garder les pieds dans ses pompes. Et la peur est un cordon ombilical relié à la réalité. Nasr Eddin lui souffla sa réponse :

— Moi ? Je vais nourrir le chien.

La dame sourit. Ça lui faisait tout un faisceau de rides profondes autour des yeux. Décidément, ce garçon lui plaisait.

— Julia, fit-elle, un rien emphatique, va me chercher mon *pure malt*.

— Maman ! s'exclama la brunette. Pas le whisky !

— Fais ce que je te dis, nom de dieu ! On va trinquer à la santé d'Hassan le chien tchétchène !

— Au fait, Casimir, lança Dachi, le chien c'est un beagle.

L'Oblique répondit :

— Je peux dire une connerie ?

LES ORANGES DE SANCHEZ

A huit heures pétantes, juste après que monsieur Sanchez, épicier de son état, eut ouvert son rideau de fer, Dachi El Ahmed entra dans la boutique en affichant son plus beau sourire. Il souriait mais se demandait par quel bout aborder le problème. Il savait qu'au fond, l'épicier ne lui vouait aucune sympathie. Le convaincre serait ardu. Un vrai défi. Ce qui n'était pas pour lui déplaire.

Accueil mi-figue, mi-raisin. Rondouillard, velu et autoritaire, Sanchez ne savait jamais sur quel pied danser face à ce "gris" fort en thème. Originaire d'Oran, il était habitué à un type de rapport particulier avec les "gris", mais le sieur El Ahmed échappait à sa classification. Il avait entendu un pépé algérien qualifier ce dernier de "soufi", mais dans son vieux dictionnaire il n'avait trouvé, pour toute définition, que : *adepte du soufisme*, ce qui ne l'avançait guère. Seule particularité : Dachi ne dédaignait pas le porc, il en avait donc conclu qu'il n'était pas musulman. Certes, il lui reconnaissait un rôle de modérateur dans la cité, mais lorsque le Comité d'intérêt de quartier, qu'il présidait, faisait appel à El Ahmed, c'est lui, Sanchez, qui le plus souvent réglait l'addition en puisant dans son stock. Autre élément à prendre en compte dans leurs rapports : madame Gadjian en disait le plus grand bien, et le fils de cette honorable veuve lui procurait fruits et légumes à des prix défiant toute concurrence. La prudence était donc de mise.

— Qu'est-ce que ça sera pour monsieur Ahmed, demanda l'épicier, qui consentait à lui donner du "monsieur" mais pas du "El".

— Des oranges, monsieur Sanchez, beaucoup d'oranges, l'hiver se fait rude.

— C'est pour un prisonnier ? fit l'épicier, un rien sarcastique.

— Ça alors, comment l'avez-vous deviné ? répondit Dachi, les yeux ronds.

Interloqué, Sanchez passa un doigt velu sous son col de chemise.

— Ben, les oranges…

— Vous êtes observateur, monsieur Sanchez. Oui, c'est pour un ami qui a vécu un drame bien douloureux. Une triste histoire…

Dachi laissa sa voix en suspens comme s'il hésitait à en dire plus. La main poilue de l'Oranais s'empara des petites oranges striées de rouge et commença à les enfourner dans un sac plastique. Mordrait-il à l'hameçon ?

— Y a tellement de voyous de nos jours, lâcha-t-il enfin avec une pointe de mauvaises intentions.

— Pas du tout, pas du tout, fit Dachi en se raidissant un peu. C'était un honnête citoyen, un commerçant, comme vous. Il tenait un tabac-presse.

La main de l'Oranais s'immobilisa sur une sanguine.

— Ici, à Frais Vallon ?

— Non, à la Cabucelle. Son fils était étudiant avec moi. Un brave homme. Et bizarrement, il aimait les enfants.

Sanchez laissa tomber l'orange dans le sac. Il était ferré.

— Pourquoi “bizarrement” ? C'est normal d'aimer les enfants.

— Parce que, monsieur Sanchez… Dachi s'approcha de l'épicier et prit un ton de confidence : Parce qu'il a tué un gosse de douze ans.

— Quoi ? Mais… mais pourquoi ?

— Le petit lui volait régulièrement des bonbons et des images d'Harry Potter.

La mâchoire inférieure de Sanchez sembla se décrocher. Horrifié, il regarda son interlocuteur dans les yeux (ce qu'il ne faisait que rarement). Dachi ne portait pas grande affection à cet homme, cependant cette réaction lui mit du baume au cœur.

— C'est impossible, fit l'épicier atterré. On tue pas un minot pour ça !

Dachi ferma les yeux et secoua la tête.

— Vous avez raison, monsieur Sanchez, en temps normal un brave homme comme Pierre – il s'appelait Pierre – n'aurait jamais fait ça. Mais voilà, les vols répétés ont fini par l'excéder.

L'Oranais fit un mouvement de tortue avec sa tête.

— C'est vrai que c'est agaçant, mais tout de même…

— Vous avez raison, ça n'explique pas tout. Il y a autre chose. Quelque chose de… plus mystérieux.

— Quoi ? fit l'Oranais, désormais suspendu à ses lèvres.

— Il avait acheté une arme.

Sanchez déglutit bruyamment. Il jeta un coup d'œil distrait vers les oranges. C'était l'instant délicat. Quel niveau de sagacité peut atteindre un épicier ? se demandait le sage. Se doutait-il que Dachi avait eu vent de son projet d'acheter un fusil ? Il ne fallait pas lui laisser le temps de réfléchir.

— Est-ce que vous croyez à la magie, monsieur Sanchez ? Je parle de magie noire…

L'Oranais haussa les épaules, mais Dachi savait que l'homme était ébranlé.

— Quand j'étais en Iran, j'ai discuté avec des soldats à qui il arrivait de parler à leur fusil. L'arme ne les quittait jamais, ils la bichonnaient comme une femme, ils lui vouaient une sorte de culte, ils ne pouvaient plus vivre sans elle.

Sanchez avait recommencé à charger les oranges dans le sac, comme des balles dans un barillet. Il faisait mine de se désintéresser de la conversation, mais l'oreille restait dressée.

— Des soldats, c'est pas pareil, marmonna-t-il.

— Vous savez ce que m'a dit la femme de Pierre ? Elle affirme qu'il a complètement changé à partir du moment où il a eu son revolver. Une nuit, elle l'a surpris en train d'en caresser le canon en murmurant des mots doux. Comme les soldats en Iran. Elle dit que petit à petit, il est devenu comme envoûté. Il paraissait sûr de lui, de plus en plus autoritaire, il répétait à qui voulait l'entendre que lui, il ne fallait pas l'emmerder. Son fils m'a confié qu'il avait de plus en plus de mal à parler avec son père. L'arme exerçait une influence insidieuse dans leurs relations familiales. La femme s'était mise à jalouser cet engin de mort, à le détester ; un jour, elle m'a dit ceci : "Les gens qui fabriquent les armes sont comme des sorciers, ils mettent dans leur chaudron des ingrédients particuliers qui s'emparent de l'âme..."

— C'est des conneries, fit l'épicier sans conviction.

— Oui, sans doute, dit le sage d'une voix basse et presque rauque, mais il fallait voir ce brave commerçant ricaner de façon incompréhensible en écoutant les infos à la radio, et puis... il y avait ce tic...

Dachi s'interrompit et observa Sanchez, l'air énigmatique.

— Qué tic ? dit l'Oranais, vaguement inquiet.

— Une petite crispation de l'index droit. Comme ça, regardez ! Dès qu'il avait une contrariété, même pour des motifs sans importance, hop, le doigt se crispait comme s'il serrait une gâchette. Il ne s'en apercevait même pas. Vous savez ce qu'a dit le psychiatre pendant le procès ?

— Un psychiatre ? Qu'est-ce qu'il a dit ?

— Que ce brave homme tirait inconsciemment, que la possession du revolver l'avait mis dans un état de tension permanente ; en vérité, ça l'avait rendu malade. Sa femme, elle, affirme que ce n'était pas lui qui possédait l'arme, mais que c'est l'arme qui le possédait. Vous vous rendez compte ?

— Putain !

— Eh oui, monsieur Sanchez, enfin, il est beaucoup plus calme maintenant. Peut-être qu'il est plus heureux comme ça. Faut dire qu'il est sous neuroleptiques pratiquement en permanence, il est devenu doux comme un agneau. Comme il était avant, quoi, mais en plus mou.

— Putain ! répéta l'épicier.

Dachi paya ses oranges. L'Oranais ne disait plus rien. Il semblait préoccupé. En sortant, le sage El Ahmed lança :

— Au fait, mes hommages à votre dame, monsieur Sanchez !

Au pied de son immeuble, Hocine l'accosta.

— A part ça, t'aimes pas les oranges, Dachi ?

Le sage posa son sac. Il devait bien y en avoir pour cinq kilos. Le visage en lame de couteau d'Hocine était barré d'un sourire ironique.

— Alors, comment y va notre ami Sanchez ?

Dachi hocha imperceptiblement la tête. Décidément, rien n'échappait à ce petit gars. S'il n'avait pas détesté les flics à ce point, quel enquêteur il aurait fait !

— Je crois qu'il va y réfléchir à deux fois. Mais toi et tes potes, tâchez de l'épargner pendant quelque temps, ne me gâchez pas le travail.

Hocine éclata de rire, puis désigna du menton le sac d'oranges.

— Je sais pas comment tu t'y es pris, mais j'espère que ça t'a pas coûté trop cher.

— Ne t'inquiète pas, les oranges c'est meilleur que le coca.

Hocine le salua et fit mine de s'éloigner, puis revint sur ses pas.

— Au fait, tu sais qu'y sont toujours là, tes types.

Dachi fouilla posément la poche de sa gabardine. Cette cigarette-là, il l'avait bien méritée.

— Où sont-ils ? s'enquit-il sans relever la tête.

— Dans une Audi bleue. A deux cents mètres derrière moi, sur la droite. Ils sont placés de façon à surveiller les entrées des B et des C.

— Patipoulos et moi, marmonna Dachi.

— Ouais. Et tu sais quoi ? Quand le facteur passe, y en a un des deux qui sort et qui va fouiller vos boîtes à lettres.

Dachi rangea son tabac, le visage toujours aussi hermétique.

— Merci. Dis, pour le moment il vaut mieux les laisser tranquilles.

— Tu parles, fit Hocine en riant, finalement on est content qu'y soient là. Y sont classe ces keums, que des bagnoles nickel, peintures métallisées et tout, et y nous les amènent à domicile. L'Audi, elle est pour mon beauf, y va se marier samedi, ça sera son cadeau.

— Fais gaffe, faut pas jouer avec eux.

— Y a qu'un problème : les faire sortir tous les deux à la fois de la bagnole. Mais j'ai ma petite idée.

*

Dachi repassait dans son esprit le sujet du cours qu'il devait donner, ce matin même à la fac de Lettres. Il avait bossé jusqu'à trois heures du matin pour préparer son exposé sur le concept de dualisme du corps et de l'intelligence selon Averroès. On le payait bien pour ça. Huit siècles après sa mort, le penseur arabe condamné à la fois par les catholiques et les musulmans allait lui permettre d'agrémenter son couscous de légumes frais et de mouton. Quel camouflet pour tous les intégrismes ! se disait El Ahmed. L'hérésie dans le couscous, c'est encore meilleur que la harissa.

A dix heures, il se tenait devant son auditoire. Une bande d'étudiants bien sages, un tantinet somnolents.

"En quoi vous, les humains, différez-vous des autres êtres vivants ? s'écria-t-il en tapant du poing sur le bureau, secouant la douce léthargie qui régnait dans l'amphithéâtre. A cette question, Averroès, reprenant Aristote, répond sans hésiter : par la faculté rationnelle !"

Au même instant, Igor claquait la porte de l'Audi bleu métallisé, pas mécontent de se dégourdir un peu les jambes après une énième nuit blanche passée dans l'habitacle, et emboîtait le pas au facteur qui se dirigeait vers le bloc de feu mémé Oumaraq. Simultanément Mourad, le meilleur pote d'Hocine, entrait dans l'immeuble de Dachi El Ahmed, déguisé en postier, muni d'une volumineuse enveloppe en papier kraft. Deux facteurs à la fois ! Vassiliev, le second couteau, ne fit ni une ni deux, il commit l'erreur de sortir lui aussi de l'Audi pour intercepter le deuxième courrier. Hocine, planqué derrière une camionnette brûlée depuis l'été dernier, n'attendait que ça : il se glissa au volant de l'Audi et rigola un grand coup en constatant que le Russe avait laissé les clés sur le tableau de bord. Il démarra en trombe, vociférant :

"Vive la mariée !"

Vassiliev piqua un sprint, mais même Carl Lewis au mieux de sa forme aurait été incapable de rattraper une Audi vingt-trois chevaux lancée à fond. Mourad courait aussi, mais dans l'autre sens. Vassiliev se tourna vers Igor, qui arrivait vers lui l'œil noir et les poings serrés.

"Faisant sienne l'assertion de Platon, Averroès rappelle qu'une erreur minime au début en engendre une très grave à la fin. En préalable, le philosophe posera donc clairement les termes de la dualité : la substance que l'on nomme *intellect* n'étant ni un corps ni une forme, est-elle absolument sans mélange avec la matière ? Alors je vous le demande, s'écria Dachi en frappant à nouveau sur le bureau, car les têtes recommençaient à dodeliner dans le fond, en quoi ce questionnement était-il susceptible de déranger les dogmes religieux de l'époque ?"

Pendant ce temps, sur le parking de Frais Vallon, *l'intellect* se colletait furieusement avec la matière. Les coups faisaient presque du bien à Vassiliev, qui voyait dans la violence de son partenaire comme une forme d'absolution. "Connard, beuglait Igor en russe et en cognant, comment je vais la justifier, la note de frais, maintenant ?"

Le professeur El Ahmed abordait à présent le thème central de son exposé : "L'intellect est-il éternel, inengendrable, incorruptible, ou est-il le produit du mélange des éléments, à savoir, si l'on use d'une terminologie plus contemporaine, le produit de l'expérience sensible ? Averroès tente d'examiner la problématique de façon scientifique, presque mathématique, voilà pourquoi il a donné des migraines aux théologiens pendant des siècles !"

Affligé d'une migraine directement liée à l'expérience sensible, Vassiliev se dirigeait vers l'arrêt de bus. Il allait se procurer une autre voiture. Il prendrait une Espace cette fois, ça ferait plaisir à Igor qui avait besoin d'étirer ses longues jambes pendant ses courtes nuits.

Sur la terrasse de la tour B 16, Nuage d'Acier venait d'échapper de justesse à la mort. Posté au bord du toit, sa paire de jumelles en mains, son observation méthodique, presque scientifique, des diverses allées et venues dans la cité lui avait permis d'assister à la scène. En voyant les deux sbires se bigorner, il avait été pris d'une quinte de rire si violente qu'il avait failli basculer dans le vide. Hassan aboyait en tirant furieusement sur sa chaîne. L'Apache posa les jumelles et s'approcha de lui pour le caresser. Il commençait à s'attacher à cette bête.

C'est ainsi que l'arrivée de l'étranger échappa à sa surveillance. Un étranger qui avait repéré les deux Russes et avait profité de l'altercation pour pénétrer dans l'immeuble de Patipoulos.

PATIPOULOS EN SLIP

Dachi arriva en retard à l'hôpital. Devant la chambre 366, dont la porte était grand ouverte, quelques malades en pyjama s'étaient attroupés. Des amateurs de corrida sans doute, parce que ça chauffait dur autour du petit lit blanc.

— Papa, tu commences sérieusement à nous emmerder !

— Léda, si j'avais pas les côtes bandées, là je t'en mettrais une ! T'en as pas assez pris quand tu étais petite, c'est ça le problème.

Dachi se plaça prudemment à l'abri, derrière l'interne de garde qui lui aussi préférait garder ses distances. La Rouquine grecque en rogne, c'était quatre mètres carrés de bourrasque.

— Quel est le problème ? chuchota Dachi à l'adresse du médecin.

C'est l'Erinye qui répondit :

— Ce cabochard veut rentrer à la maison ! Il a encore besoin de soins, il doit rester sous surveillance, mais non !

L'héroïque interne tenta une médiation :

— Monsieur Patipoulos, vos côtes ne sont pas encore ressoudées, ce n'est vraiment pas prudent…

— Mes côtes, c'est mes oignons ! Léda, je t'avertis…

Elle venait de confisquer le pantalon du papa. Elle le tenait serré sur sa poitrine. Ses yeux lançaient de longues flammes rouges, c'était la fureur d'Athéna, l'ire divine d'Héra qui faisait trembler même Zeus. L'esprit de Dachi s'égara dans l'éblouissement, il sentit une vieille érection l'agiter frénétiquement, là, sur l'instant, il aurait vendu toute la sagesse d'Orient, Averroès, Socrate, Lao Tseu, toute la bande pour une nuit avec cette Amazone… Il entendit le toubib murmurer :

— Si elle pouvait tenir mon pantalon comme ça…

Face à sa rousse de fille, le vieil ébéniste se tenait debout, en slip, jambes poilues et écartées, petit mais râblé. Allaient-ils en venir aux mains ?

— Dix euros sur la fille ! cria l'un des malades dans le couloir.

Papa Patipoulos trancha : il enfila sa veste, mit ses chaussures et partit. En slip.

— Papa ! hurla Léda.

— C'est pas vrai, se lamenta l'interne de garde, je vais me faire sonner les cloches. Hé, monsieur Patipoulos, il faut signer une décharge !

La sortie fut mémorable. Une sorte de défilé de carnaval. Patipoulos en tête, la Rousse derrière, beuglant : “Papa, mets ce pantalon !”, puis le toubib avec ses papiers à la main, suivi de Dachi El Ahmed et d'une meute de pyjamas qui se fendaient la poire. Les taxis qui attendaient devant la grille s'en souviendraient longtemps.

La providence joue parfois pour les uns contre les autres. Lorsque Patipoulos, toujours en slip, arriva devant la porte de son appartement, après avoir escaladé six étages en grimaçant de douleur, il trouva un individu louche sur le palier. Un moustachu au visage dur qui lui demanda, avec un accent à couper au couteau, si c'était bien ici que vivait "médème Oumaraq". Ce pauvre garçon, un guérillero tchétchène qui venait de se taper cinq mille kilomètres, bravant les services secrets russes, les extrémistes musulmans et le contre-espionnage français, ne s'attendait pas à prendre une pareille dérouillée sur la ligne d'arrivée. Léda avait besoin de passer ses nerfs, or le type correspondait vaguement à la description que son papa avait fait de ses agresseurs. Elle avait toujours le pantalon à la main, en deux temps trois mouvements elle s'en servit pour enturbanner la tête du Tchétchène et en profita pour lui balancer son genou dans les parties. Le gars tomba en hurlant quelque chose qui n'était pas du russe, et sentit des escarpins pointus lui bourrer les côtes.

— Léda qu'est-ce que tu fais ? s'écria Patipoulos. C'est pas lui, c'est pas lui !

Dachi, qui avait accompagné le duo infernal en gardant ses distances, franchit d'un bond les trois dernières marches et attrapa la jeune femme par les épaules pour la tirer en arrière. Elle se retourna aussi sec et il y eut droit aussi. Au coup de genou. Deux bonshommes neutralisés en moins d'une minute. Cependant qu'El Ahmed le sage s'efforçait de lutter contre l'évanouissement, le divin Khayyâm lui soufflait à l'oreille :

Les corps qui peuplent cette voûte du ciel
Déconcertent ceux qui pensent
Prends garde de perdre le bout du fil de la sagesse
Car les guides eux-mêmes ont le vertige…

Vertige… tige… tige… le mot revenait en écho dans son esprit en feu, alors qu'il se tenait le bas-ventre à deux mains.

Mais à terre, la situation venait de prendre une nouvelle tournure. Le Tchétchène brandissait un gros revolver, une chose noire, énorme, avec un trou béant au bout du canon. Il se racla la gorge et ordonna d'une voix rauque :

— Bougez plus ! Personne !

Dachi se racla la gorge à son tour.

— Obéissez Léda, pas de bêtises !

L'Erinye fusillait sa victime du regard. Derrière elle, Patipoulos commençait à rentrer le cou dans les épaules.

— Sale assassin ! siffla la Rousse.

— Je pas assassin ! fit le Tchétchène. Ami de médème Oumaraq ! Mauvaises nouvelles, mauvaises nouvelles…

Dachi commença à comprendre. “Je t'enverrai des nouvelles”, disait Akhjad Oumaraq dans sa lettre. Et les nouvelles étaient mauvaises.

— Monsieur Patipoulos, on va tous aller chez vous pour discuter un moment, je crois savoir d'où vient cet homme.

Léda lui lança une œillade meurtrière.

— Vous, feula-t-elle, vous…

— C'est une histoire compliquée. Il faut qu'on parle.

Entrer dans l'appartement du vieil ébéniste fut assez difficile. Après l'agression qu'il avait subie, une pagaille monstre régnait dans le salon. Les cendres de feu madame Patipoulos étaient dispersées sur la table et tout autour. La première chose que fit le vieil homme fut de fouiller ses tiroirs à la recherche d'une craie, puis, l'ayant trouvée, il traça autour de la zone cendrée une limite sacrée, infranchissable, tabou. Pas question de marcher sur les restes de son épouse. Il fallut donc passer dans la chambre en rasant les murs. Léda réussit à mettre son papa au lit puis, enfin apaisée, elle s'occupa du café. Curieusement, l'homme du Caucase et Dachi adoptèrent la même position, accroupis dos au mur, un peu prostrés, les genoux serrés. Lorsque Léda revint avec le café, le Tchétchène avala le breuvage brûlant d'une lampée et en redemanda deux fois avant de répondre aux questions que Dachi avait commencé à lui poser.

— Khazman Idigov, c'est mon nom.

— D'où venez-vous ?

— Nazran.

— Qu'est-ce qu'il a dit ? demanda Léda.

— Nazran est une ville près de Grozny, la capitale de la Tchétchénie, dit Dachi. Qu'est-ce que vous lui voulez à madame Oumaraq ?

— Commandant Akhjad… son fils, tué. – Khazman Idigov ferma les yeux pendant un court instant. – Beaucoup tués, fit-il dans un souffle.

Dachi observait l'homme attentivement. Les explications de dame Chamine, à propos des factions chez les indépendantistes tchétchènes, lui revinrent en mémoire. Il dit d'une voix lente :

— Vous êtes donc venu lui annoncer la mort de son fils. Vous avez fait ce long et dangereux voyage simplement pour cela ?

Idigov semblait à bout de forces. Son visage osseux, assombri par une barbe naissante, était strié de rides verticales. Il avait les pommettes hautes, très saillantes, le nez fort et large, la bouche mince. Sous son manteau élimé, le revolver faisait une grosse bosse côté cœur. Il jeta un coup d'œil vers sa tasse vide, puis vers la cigarette que Dachi était en train de rouler. Ce dernier la lui tendit, lui donna du feu et s'en roula une autre. Idigov aspira la fumée comme si c'était un baume à toutes ses douleurs. Léda s'assit sur le rebord du lit, près de son père. Ses pieds battaient le sol, trahissant son impatience.

— Qu'est-ce qui se passe ? Qu'est-ce que c'est que toute cette histoire ?

Sans détacher son regard du visage d'Idigov, Dachi reprit :

— Notre visiteur semble ignorer que madame Oumaraq a été assassinée.

Le Tchétchène écarta la cigarette de ses lèvres. Il la tenait entre le médius et le pouce ; sa main resta suspendue. Un peu de cendre tomba sur son manteau. Ses paupières se fermèrent à demi. Quel âge pouvait-il avoir, ce soldat d'une guerre perdue ? Trente, quarante ? Ses doigts étaient fins avec des articulations épaisses, disproportionnées. La nicotine avait jauni le milieu de sa moustache. Dachi raconta ce qu'il avait appris auprès de dame Chamine, observant les réactions de l'étranger.

Il évita de prononcer le nom du chien, mais insista sur le fait que c'était lui qui avait l'animal en garde. Le Tchétchène gardait les yeux baissés sur sa cigarette aux trois quarts consumée.

— Alors ce type est un rebelle ? fit Léda.

— Un rebelle ou un patriote, tout dépend du point de vue où l'on se place, n'est-ce pas, monsieur Idigov ?

L'homme du Caucase écrasa son mégot dans le petit cendrier de bronze que la Rousse avait posé près d'eux, puis il tourna la tête vers Dachi et fit un petit signe avec le pouce et le médius. Le sage hocha la tête, lui passa son tabac, son papier, et ajouta :

— Les deux tueurs sont toujours là. Sur le parking. Ils attendent quelque chose. Une lettre je crois, qui ne viendra sans doute pas. A moins qu'ils ne vous attendent vous, monsieur Idigov ?

— Ben, de toute façon, il peut pas rester là, coupa Léda dont le front s'était à nouveau assombri. Et pour les deux assassins, il n'y a qu'à avertir la police. Je vais tout de suite téléphoner, fit-elle en se levant.

— Non, pas police ! s'exclama le Tchétchène. Suis mort si vous prévenez police !

Léda s'immobilisa et lança un regard dur à Dachi :

— Pourquoi vous ne l'avez pas fait, vous ?

Dachi récupéra son tabac et se roula une autre cigarette.

— Votre père est l'unique témoin, puisqu'il a été agressé par ces deux types. On viendra vous questionner, il y aura confrontation, que se passera-t-il si les flics viennent à savoir au sujet du chien ? Vous comprenez, les autres aussi sauront…

— Qu'est-ce qu'on en a à foutre ! reprit l'Erinye, martelant ses mots.

Dachi ne pouvait lui expliquer que chez un natif de Frais Vallon, bronzé de surcroît, le réflexe citoyen de demander de l'aide à la police était assez émoussé. Léda rongeait son frein.

— J'ai déposé plainte, les coupables sont en bas de l'immeuble, et on ne fait rien ?

— Pas police ! répéta Idigov. Moi, m'occuperai des deux Russes.

— Ben voyons ! Vous allez importer votre guerre à Frais Vallon ! Et moi je préviens l'ONU, c'est ça ?

— Médème, rétorqua le Tchétchène d'une voix fatiguée, Russes soldats, si eux arrêtés, d'autres viennent.

— Qu'est-ce qu'ils veulent ? demanda brusquement Dachi.

— Hassan, répondit l'homme du Caucase.

— Le chien ? s'exclama Léda.

— Oh merde ! laissa échapper Dachi en lançant un regard torve à la Rouquine. Mais le Tchétchène ne parut pas surpris.

— Hassan était le chien du commandant Oumaraq, reprit-il. Moi ami du commandant.

— Quel méli-mélo ! soupira Léda en se rasseyant.

— Pas problème, dit Idigov. Vous donnez le chien à moi, finis ennuis.

Léda observait Dachi. Dachi observait Idigov. L'œil perçant d'Idigov guettait les réactions de Dachi. Sur le lit, papa Patipoulos ronflait doucement. La Rouquine secoua la tête, ses longues boucles roulant en cascade sur ses épaules.

— Mais qu'est-ce qu'il a de particulier, ce chien ?

Nul esprit ne sait ce qui vit sous les apparences... soufflait Khayyâm. Il suffisait de donner le chien à cet homme. Hassan le beagle, qui portait avec lui un secret, un secret valant beaucoup d'argent puisque les soldats russes le cherchaient, les rebelles tchétchènes le cherchaient, et parmi eux peut-être, des extrémistes, des gens qui posaient des bombes et faisaient exploser des civils. Quelle que soit la cause, Dachi considérait que la fin ne justifiait pas les moyens. Lui, le médiateur de Frais Vallon, se voyait tout à coup propulsé sur l'échiquier de la diplomatie internationale, tandis que Nasr Eddin Hodja riait sous cape en se payant sa tête. Petit homme, petit chien, gros sous... Pour les armes bien sûr, les sous ! Pauvres humains. Khayyâm avait bien raison de chanter *Une coupe de vin vaut cent cœurs et cent religions...* Non, il ne donnerait pas Hassan le beagle à n'importe qui. Il fallait montrer patte blanche. Il lui fallait une petite certitude dans ce monde incertain.

— De toute façon, il s'est échappé, dit-il enfin.

L'œil tchétchène se fit plus acéré.

— Echappé ? fit Idigov sur un ton d'une douceur inquiétante.

Avant que Léda dise une connerie, Dachi reprit :

— Hier soir je l'ai amené chez un ami qui a un jardin, et il a sauté par-dessus le grillage. On ne l'a pas revu depuis.

Le Tchétchène glissa la main sous son manteau.

— Alors moi reste ici et attends. Vous retrouvez le chien.

— Ah non ! s'insurgea Léda. Pas question ! Dachi, fais quelque chose !

Elle le tutoyait à présent… En d'autres circonstances, l'ascète de Frais Vallon en eût été ravi. Mais Idigov venait d'exhiber son gros pétard.

— Médème, Khazman Idigov veut pas vous faire mal, mais il faut le chien Hassan. Après, finis ennuis.

Dachi se leva lentement. Le calibre du Tchétchène était pointé vers son abdomen.

— Nous sommes dans une impasse, Léda. C'est bon, Idigov, je vais chercher le chien. Mais je voudrais savoir pour quelle raison vous le voulez.

L'homme du Caucase sourit pour la première fois.

— Il est… comment se dit chez vous… mascotte, mascotte peuple tchétchène.

— Ce type est fou ! lâcha la Rousse dont les lèvres frémissaient de colère.

— Non, fit Dachi, il se paie simplement ma tête. Idigov, ce soir je viendrai vous chercher, on ira chez moi.

— Tu vas pas le laisser ici ? s'écria Léda.

Le ton de la discussion avait réveillé le vieil ébéniste. Il n'avait pas compris grand-chose, hormis qu'il fallait intervenir avant que Léda n'aille trop loin.

— Dachi a raison, Léda. Tu vas partir en même temps que lui, c'est le mieux. Il se redressa, tassa l'oreiller derrière lui pour se maintenir en position assise. L'étranger va rester avec moi, de toute façon, y a plus rien à prendre ici, ils ont déjà tout cassé. Il porta son regard vers l'homme du Caucase. Vous comprenez ? Vous – il tendit l'index vers lui – vous restez avec moi !

— Pas d'accord, papa !

— Dachi, emmène-la !

Léda finit par céder car elle venait de comprendre que ce que craignait avant tout son père, c'étaient les réactions du soldat se retrouvant seul avec une belle femme et un impotent. Mais sur le palier, elle attrapa Dachi par les revers de sa gabardine et dit entre ses dents serrées :

— Tu te rends compte de ce que tu m'obliges à faire ? On va laisser mon père en otage à un type capable de tout !

Ils étaient si près l'un de l'autre… Les postillons de Léda titillaient délicieusement ses joues et ses lèvres. Du fond de son douloureux coma, le membre de Dachi s'éveillait avec un vibrant intérêt. La situation ne s'y prêtait absolument pas, mais comme dit Brassens, *Ça ne se commande pas…* Assailli de toutes parts, le sage tentait d'avancer sur le mince sentier du juste milieu.

— Il ne lui fera rien, Léda. Il veut le chien, c'est tout. Je ne sais pas pourquoi, mais il existe un lien entre Hassan et un certain compte en banque.

— Donne-le-lui alors, et qu'on en finisse !

Dachi ferma les yeux. S'il l'emmenait chez dame Chamine, peut-être comprendrait-elle son attitude… Cette idée avait quelque chose de stupide, mais il fit quand même la proposition :

— J'aimerais qu'on aille voir ensemble une personne qui vous expliquera clairement la situation. Vous voulez bien ?

— Non. Je bosse moi, monsieur El Ahmed. Elle regarda sa montre. Oh là là, deux heures et demie, je suis en retard… mais je te préviens, débrouille-toi pour qu'il n'arrive rien à mon père.

Elle disparut. Nuage de poivre et de jasmin… non, trop doux le jasmin. Le tiaré tahitien peut-être ou l'orchidée, ou tout simplement le parfum de son corps, qui déjà se dissolvait dans l'odeur moisie de la cage d'escalier. Il essaierait encore de la persuader. Il lui téléphonerait plus tard, en fin d'après-midi.

BIG BANG POUR UNE ESPACE

Dachi descendit les six étages et se dirigea vers sa cabine téléphonique. Hocine, qui rôdait dans les parages, l'intercepta.

— T'as vu, Dachi, ils ont une Espace maintenant. Moche, mais y a de la place. Faut que je trouve une famille nombreuse qui a des thunes.

— Tu parles des Russes ?

— Ah, c'est des Russes ! Si tu m'expliquais un peu là, parce que j'ai bien vu qu'y avait un autre type.

— Un autre type ?

L'étroit visage du jeune homme se crispa.

— Me prends pas pour un con, Dachi. Qu'est-ce qui se passe dans ma cité ?

Hocine chef du contre-espionnage de Frais Vallon… A ne pas sous-estimer. Il fallait lâcher du lest. Dachi décida de cracher le morceau. Enfin, un morceau du morceau. Il résuma les événements en Tchétchénie, la place de mémé Oumaraq dans cet imbroglio, et laissa dans le flou les raisons pour lesquelles le bloc C 11 était devenu un haut lieu de l'espionnage international.

— Qu'est-ce qu'y cherchent ? Du blé ? s'enquit Hocine le sagace.

— Je n'en sais rien, mais à propos de l'autre type, comme tu dis, il vaut mieux rester discret. C'est un homme traqué. Je ne sais pas pourquoi il est ici, mais si les Russes ou la police lui tombent dessus, il est mort.

Les yeux noirs d'Hocine luirent d'excitation.

— C'est un frère alors !

— Non, non, je n'ai pas dit ça !

— Y fait partie de l'axe du Mal, comme nous ! C'est Bush qui le dit !

— Ne déconne pas, Hocine, c'est une histoire sordide, plus tôt ces types foutront le camp, mieux on se portera.

— Faut leur péter la chetron à ces Soviets !

Dachi leva les yeux au ciel. Khayyâm restait muet, Nasr Eddin se marrait, Brassens fredonnait *Mourir pour des idées* et Lao Tseu haussait les épaules… Tous les sages le laissaient mariner dans sa panade. Cette fois-ci, le médiateur avait peut-être commis une erreur de jugement.

— Il n'y a plus de Soviets chez les Russes, Hocine, et rien ne prouve que ce Tchétchène vaille mieux que les autres. Tu comprends ? On n'a pas besoin de ça dans la cité.

— Ouais, ouais, t'en fais pas.

— Sers-toi de ta tête, fais gaffe à ce que tu dis aux autres. Tous ces types sont armés et ils ne se soucient ni de toi ni de moi.

— Ça va, Dachi, j'ai compris. Mais l'Espace, tu vois, elle me plaît quand même.

Quelques instants plus tard, Dachi avait Julia au bout du fil. Ils se fixèrent rendez-vous pour dix-huit heures, dame Chamine ne pouvait pas le recevoir avant. Dachi se roula une cigarette et fit quelques pas sur le parking. A trois cents mètres de là, Igor et Vassiliev avaient les yeux braqués sur lui. Du sommet de la tour B 16, une paire de jumelles apaches était braquée sur lui. De l'appartement de Patipoulos, derrière le rideau dentelé, le regard métallique du Tchétchène était braqué sur lui. Pour la deuxième fois de sa vie, le sage se sentait mal dans sa peau.

La première fois, c'était juste après la mort de sa mère. Il était parti seul dans les collines, avec une gourde et un paquet de figues sèches. Il y avait passé trois nuits à se demander si le mieux n'était pas de finir ses jours dans un monastère tibétain. Le lendemain de son retour, un pote de l'université lui mit entre les mains *L'usage du monde* de Nicolas Bouvier. Il n'en fit qu'une bouchée et s'embarqua, le mois suivant, sur un cargo à destination de Lattaquié, en Syrie. Il ne revint à Marseille que huit ans plus tard, pour s'installer dans un appartement voisin de celui où il avait grandi. Il travailla comme mécanicien, chauffeur livreur, déménageur et autres jobs du même style, pendant qu'il terminait ses études. Il avait choisi Frais Vallon pour lieu de ses méditations. Le regard dessillé qu'il portait sur le monde l'avait convaincu que ce monastère-ci en valait bien d'autres. Il y coulait des jours tristes et sereins, en compagnie de ses frères de papier qui chuchotaient des poèmes, du haut des étagères, en compagnie de ses disques, ensoleillés parfois par la présence jaune et vivifiante de la veuve Gadjian et par quelques rares amitiés. Il y avait une place et un rôle. A présent, une tornade rousse bouleversait ce fragile équilibre ; une tornade rousse et un mauvais vent du Caucase. Le plus curieux, c'est qu'en fait, il n'était pas vraiment pressé que tout cela finisse. Quelque chose en lui désapprouvait cette réaction. Dachi le sage, qui se méfiait des derniers soubresauts de sa jeunesse. Pour la deuxième fois de sa vie, il était tenté de prendre sa besace et d'aller se refaire une sagesse du côté du soleil levant. *Eloge de la fuite*, murmura-t-il en soufflant la fumée, *au moment où les turbulences du monde viennent nous rendre visite*... Un mot tournait comme un moustique autour de cette tête pensante. Le mot *amour*, qui jusqu'ici n'avait eu sa place que dans les poèmes. Il regarda sa montre. Dans trois heures il l'appellerait. Il rentra chez lui. Il n'avait pas faim, mais il fallait alimenter la machine s'il voulait tenir le rythme. Il devait bien lui rester une vieille boîte de couscous quelque part. En y ajoutant un peu de ras el hanout, du cumin, du paprika, ça finirait peut-être par avoir du goût. Une pointe de curry ? Du persil haché ? De la carotte coupée fin revenue avec une goutte d'huile d'olive... Au troisième étage, il commença à saliver.

*

— Crétin !

Ça faisait une heure, montre en main, que l'archiviste du canard cherchait le dossier de mémé Oumaraq. Il avait essayé le O d'Oumaraq, le C de Crime, le A d'Assassinat, le F de Frais Vallon, le M de Mémé, le V de Vieille, tandis que Grook rongeait son frein. Il l'avait enfin trouvé à H.

— Pourquoi H ? avait demandé Grook.

— Ben, c'était classé à Horrible ! avait répondu l'archiviste, comme s'il s'agissait d'une évidence.

Le journaliste lui avait arraché des mains la mince chemise. Il avait perdu son temps. Ces feuillets ne contenaient rien de concret. Une enquête était ouverte, mais on n'avait même pas le nom de l'inspecteur qui en était chargé. Aucun canard ne lui avait accordé plus de vingt lignes, hormis un opuscule d'extrême droite qui en avait profité pour publier une énième photo de la cité accompagnée de quelques phrases assassines sur l'insécurité. Grook ouvrit le tiroir de son bureau, posa un œil inquiet sur la bouteille de whisky qui était aux trois quarts vide, et referma le tiroir en décidant que c'était encore trop tôt. Le matin, il ne biberonnait pas avant onze heures, l'après-midi pas avant seize heures. Il se refusait à déroger à cette règle. Il en avait enfreint tellement, depuis l'époque où il espérait changer le monde avec sa plume. Grook avait une très mauvaise image de lui-même, il ne pouvait s'aimer qu'une fois imbibé, lorsque l'étrange effet des liqueurs lui rouvrait le chemin de l'enfance et du rêve. Alors, ses limites lui paraissaient moins définitives. Ce morceau de poumon que les chirurgiens lui avaient enlevé à la suite d'une infection qui avait mal tourné, cette immaturité qu'il traînait comme un boulet, ces poèmes qu'aucun éditeur n'avait jamais publiés, et cet avenir professionnel qui, à quarante-trois balais, devenait de plus en plus nébuleux. Ce qui l'attristait le plus, en cet instant, c'était de n'éprouver aucun frémissement à l'idée de traiter l'affaire de Frais Vallon. Dix ans plus tôt, il aurait dû réfréner ses poussées d'adrénaline. Il ressentit brusquement le besoin d'avoir Casimir près de lui. Le petit homme frémissait à sa place, les rares fois où il tenait un bon sujet. Casimir, et Gabrielle qui lui bottait les fesses de temps à autre. C'était ça, oui, dont il avait besoin : un coup de pied au cul. Il décrocha le téléphone.

Julia lui apprit que Dachi El Ahmed avait rendez-vous avec Gabrielle à six heures, qu'il devait venir avec le chien et qu'il semblait y avoir du nouveau. Il enfila son wax et sortit.

Igor n'était pas mécontent. Il venait de recevoir un coup de fil du consulat et avait appris que leur attente n'allait pas tarder à toucher à sa fin. Ce n'était pas une lettre qui devait arriver, mais Idigov en personne. Le bras droit d'Oumaraq. Ils avaient éliminé la tête, maintenant ils allaient se faire le bras. Igor avait un compte personnel à régler avec Khazman Idigov. Sa section basée à Nazran s'était imprudemment aventurée dans les montagnes à la poursuite d'un groupe de rebelles. Ils avaient été coincés trois jours durant par les hommes d'Idigov. L'officier russe y avait perdu une oreille et les deux tiers de ses effectifs ; il n'avait dû son salut qu'à l'arrivée de troupes héliportées. Depuis, il ruminait sa vengeance et portait la casquette penchée sur le côté. Mais la consigne était de ne pas toucher à Idigov sans s'être assuré qu'il avait récupéré le numéro du compte suisse. Quant au dénommé Hassan, c'était un mystère même pour les spécialistes du décryptage. Un nom de code pour Idigov, ou pour ce type qui se faisait appeler El Ahmed... Les services avaient enquêté sur ce dernier. Pas grand-chose à dire, à un détail près : on relevait sa trace à Lattaquié, à Bagdad, à Kaboul, à Samarkand, à Delhi et dans l'oasis d'El Digirah en Libye. De quoi faire frémir les plus endurcis. Le gars était hautement suspect. On ne savait pas de quoi, mais il l'était hautement. Il n'avait pas de compte en banque, juste un livret A à la Poste française, pas de téléphone, pas de famille. Très, très suspect. Le haut commandement en était à se demander s'il fallait se tuyauter auprès de la CIA, mais les Russes hésitaient fortement à mêler les Américains à leurs affaires. C'est pourquoi le consulat venait de leur ordonner de poser un système d'écoute dans la cabine du parking. Aussitôt que Dachi fut sorti de ladite cabine, Vassiliev se mit au boulot, sous les regards discrets et attentifs de la bande à Hocine.

*

A seize heures, monsieur Patipoulos et le Tchétchène Khazman Idigov faisaient une belote en sirotant l'anisette. Le vieil ébéniste avait complètement modifié son attitude après avoir échangé quelques mots avec le soldat.

— Tu sais mon gars, je comprends rien à vos histoires, mais je vais te dire franchement : j'aime ni les armes ni les terroristes. Tu comprends ?

Idigov l'avait regardé bien en face et avait répondu :

— C'est quoi terroriste ? Moi pas soldat avant, moi travailler le bois…

— Ah, c'est bien ça, tu étais menuisier ?

— Bois dans les maisons, pour les toits.

— Ah, charpentier alors, c'est bien, ça aussi.

— Avant. Un jour, femme et fils disparus. Moi obligé trafiquer avec soldats russes pour récupérer morceaux de cadavres de ma Karina, et de mon petit Rami. Toi, tu comprends ?

Le vieux Grec avait senti les larmes lui monter aux yeux. Il avait envoyé Khazman dans la cuisine – en rasant les murs – pour ramener une bouteille et des verres, puis il avait dit : "Range ton pétard mon gars, t'en as pas besoin, c'est moi qui t'héberge", avant de l'initier aux mystères de la belote marseillaise.

A seize heures quarante-cinq, une main de fer toqua à la porte et une douce voix de mâle annonça :

— C'est la police, monsieur Patipoulos !

Après avoir enfermé Khazman à double tour dans un placard, l'ébéniste alla ouvrir.

— Inspecteur Duponchel et agent Casorla, excusez le dérangement, monsieur Patipoulos, mais on a reçu un coup de fil de votre fille. Y paraît que vos agresseurs sont dans le parking d'en bas. Vous pourriez les identifier ?

Le petit Casorla avait un air méchant et des yeux fureteurs. Chauve et musclé, le grand inspecteur Duponchel avait l'œil franc.

— Attention ! On marche pas à l'intérieur du trait blanc ! s'écria Patipoulos comme ils entraient dans le salon.

— Qu'est-ce que c'est ? Une marelle ? demanda Casorla sur un ton sarcastique.

— Les cendres de ma femme, monsieur ! Ces salauds ont vidé l'urne et en ont mis partout. Non, s'y vous plaît, marchez pas là !

— Fais gaffe Casorla, c'est des cendres, fit Duponchel. Bon, alors monsieur Patipoulos, qu'est-ce qu'on fait, on descend ?

— J'ai mal, j'ai mal, vous savez qu'y m'ont cassé deux côtes ?

— Justement, on va les choper !

— Mais je pourrais pas les reconnaître moi, y sont entrés, y z'avaient des masques et y z'ont cogné tout de suite, j'ai vu trente-six chandelles, té, je me rappelle seulement les souliers. Ah, je les ai vus de près, les souliers !

— Des baskets ? glissa Casorla.

— Non, pourquoi ?

— Parce que les jeunes du quartiers ne portent que ça.

— Non, c'étaient des gros souliers noirs, en cuir, on aurait dit des trucs de l'armée…

— Des rangers ? s'enquit Duponchel.

— Peut-être, je sais pas…

— Monsieur Patipoulos, faites un effort, vous ne vous rappelez aucun autre détail ?

L'ébéniste ferma un œil en se grattant la barbe. Puis il ferma les deux en grimaçant.

— Oh, que j'ai mal, partout, aux côtes, à la tête… j'arrive pas à me rappeler, y z'étaient grands, plus que vous, mais plus minces… Il secoua la tête. Je sais plus, je sais plus…

— Bon. Viens, Casorla, on y va. Vous savez, vous ne nous aidez pas beaucoup. Pourquoi votre fille nous a-t-elle alertés ?

— Ah, la pauvre, elle est bouleversée, vous savez, depuis que sa mère est morte…

Duponchel tendit sa carte à Patipoulos et ils s'en allèrent.

Lorsque le vieil homme rouvrit le placard, Khazman Idigov le serra sur sa poitrine.

— Aïe, tu me fais mal, couillon !

Au même instant, Dachi était en train de parlementer avec son frère de sang.

— Tu vois, frère, je m'y suis attaché à cette bête. Regarde-le, il est heureux ici, dit Nuage d'Acier.

Hassan tirait comme un fou sur sa laisse pour tenter de rejoindre Dachi. Depuis que l'Apache l'avait en garde, le pied d'antenne avait commencé à ployer. La réception des chaînes devait être sacrément perturbée aux étages inférieurs. Conséquence indirecte de ces événements : l'achat des antennes paraboliques venait de connaître une forte croissance au bloc B 16. L'humeur était au beau fixe chez le revendeur du coin.

Le sage était surpris par l'enthousiasme du chien. Il ne s'était pourtant pas passé grand-chose entre eux.

— Il faut que je l'emmène, frère. Cette histoire est compliquée, j'ai besoin de montrer Hassan à… une spécialiste.

— Quoi, il est malade ?

— Pas une spécialiste des chiens, une spécialiste des Tchétchènes.

— Aah… il y a du nouveau alors, fit Raoul Babinetti dont les paupières apaches se plissèrent imperceptiblement.

Dachi, qui devenait un tantinet parano, chercha une échappatoire.

— Je voudrais savoir s'il n'a pas une puce.

— Dachi mon frère, me prendrais-tu pour un imbécile ?

— Non, on s'est mal compris… Je parle d'une puce électro…

Coup de flash. Petit éclair blanc-bleu entre les oreilles. Irruption soudaine d'un début de compréhension. Pour identifier les chiens, on les tatouait ou on leur posait une puce électronique contenant les renseignements nécessaires. Et d'autres, peut-être… Ce devait être ça, le secret d'Hassan : une puce.

Face à lui, Nuage d'Acier gardait l'expression hermétique de l'Indien corse en train de réfléchir à tout berzingue sans que le moindre de ses poils ne frémisse. Grande maîtrise. Lui aussi aurait pu faire un stage dans un monastère tibétain ; il aurait même pu rendre des points à certains lamas. Il ne savait pas exactement ce qu'était une puce électronique, mais il l'imaginait. Et il était suffisamment futé pour comprendre que Dachi venait à l'instant de comprendre.

— Frère, à quoi penses-tu ? demanda le sage.

— Je pense que le monde est vraiment devenu très compliqué, répondit l'Apache. Dis-moi, mon frère, qu'est-ce que tu crois qu'il y a, dans cette puce ?

Dachi s'en voulait d'être aussi méfiant envers Nuage d'Acier. Après tout, ce dernier lui avait rendu service, et peut-être aurait-il encore besoin de lui.

— Franchement, je n'en sais rien. Des plans, des noms, des contacts, un…

Il ne prononça pas les mots "numéro de compte en banque", mais ils y songèrent tous les deux au même instant. Frères de sang n'étaient-ils pas ?

L'Apache alla détacher Hassan qui, d'un bond, se retrouva dans les bras de Dachi.

— Il faudra peut-être que je te le confie à nouveau !

— Je sais, mon frère, je sais.

Sitôt que Dachi eut refermé la trappe, Nuage d'Acier se démaquilla en vitesse, enfila une tenue de ville, récupéra son P 38 et prit son frère en filature. Il n'avait pas oublié la règle numéro un de son ancienne profession : ne jamais perdre de vue le magot.

DOGNAPPING

Le magot donnait du fil à retordre à Dachi. Retrouver les grands espaces le mettait dans tous ses états, il tourneboulait, s'entortillait dans sa chaîne comme un innocent qu'on traîne au bagne. Il venait lécher un coup la main de Dachi, détalait, tentait de se débarrasser de son collier, s'asseyait, se grattait furieusement. Nuage d'Acier devait lui avoir refilé ses puces. Le sage progressa en rasant la façade, craignant d'être aperçu par Idigov, depuis la fenêtre de Patipoulos dont l'immeuble était aligné avec le sien. Il traversa la cité en direction du sud et aborda un quartier de pavillons minables qui se prolongeait en villas plus cossues et en zones boisées. Hassan était heureux. Il reniflait chaque tache sur le bitume, l'eau s'écoulant dans le caniveau, la moindre touffe d'herbes. Dachi jeta un coup d'œil sur sa montre. Cinq heures moins cinq. Léda devait encore travailler. Il chercha une cabine pour appeler Patipoulos. Il était inquiet.

Le vieux Nestor le rassura. Tout se passait bien, Khazman se comportait convenablement. Patipoulos affirmait même que c'était, finalement, *un brave garçon*... Léda venait juste de l'appeler et il l'avait tranquillisée aussi. Elle viendrait après son service, vers vingt heures. Dachi lui dit qu'il essaierait de les rejoindre.

Il emprunta un chemin forestier qui menait, à travers un bout de pinède, vers le quartier de Bois Joli. Hassan essayait de se faufiler dans les fourrés. Dachi avait envie de le lâcher. Pauvre cabot, avec sa fortune sous la peau, qui se foutait du fric et des guerres, pour qui rien ne comptait que ces odeurs de nature et les pistes des lièvres. Le sage s'assit sur un bloc de calcaire pour rouler une cigarette. Le chien se mit à grogner et fit des tentatives désespérées pour se défaire du collier. Résigné, il se tourna vers son geôlier et lui adressa un regard plein de tristesse.

— Qui est au bout de la chaîne, mon ami ? lui demanda Dachi. Il avait raison, Diogène : il suffit de regarder un chien qui court dans les champs, il est heureux, alors qu'à l'homme stupide il faut la richesse, la gloire... C'est toi le maître, Hassan, si l'on en croit le philosophe.

— Alors détache-moi !

L'homme tendit la main vers le mousqueton. Un simple clic et Hassan irait vivre sa vie dans la forêt. Le bout de forêt que les humains ont épargné, et qui finirait un de ces quatre par être envahi par les tracto-pelles et les bétonneurs. Et le chien finirait en fourrière.

— Il parle avec le chien... murmura à cet instant Nuage d'Acier planqué derrière un pin tordu.

Et chez cet homme qui avait flirté avec la vie sauvage, la remarque était empreinte d'un certain respect.

— Il parle avec le chien ? murmura Vassiliev, qui se tenait à une cinquantaine de mètres derrière l'Apache. Mais pour le soldat russe, si le suspect s'adressait à un animal, c'est que le suspect était fou. De toute façon, cela ne devait pas le perturber. Soldat il était, de questions il ne se posait. Jamais la singularité d'un homme ne l'empêcherait d'appuyer sur la détente s'il en recevait l'ordre.

Igor avait dû prendre une décision rapide en constatant qu'un inconnu filait le dénommé El Ahmed. La consigne était de guetter l'arrivée d'Idigov, mais un doute affreux s'était emparé du Russe en voyant le suspect quitter son domicile : et si le Tchétchène avait trouvé refuge à l'écart de la cité ! Et si El Ahmed était en route pour lui amener le numéro de compte ! Quant à l'inconnu, c'était peut-être un agent français… Igor ne pouvait pas prendre le risque de se faire doubler. Quitter son poste aurait été une faute grave. Il avait donc décidé d'envoyer Vassiliev en mission d'observation. Ils restaient en liaison grâce à leurs portables.

Cependant, Dachi fumait, le cœur tranquille. Malgré sa connaissance des hommes, il lui arrivait de sous-estimer l'acharnement qu'ils sont capables de déployer dans leurs luttes microbiennes pour l'argent, le pouvoir et tous ces moyens dérisoires qu'ils ont inventés pour se grimper les uns sur les autres. Cela, l'émule de Khayyâm n'en saisissait pas totalement la portée, voilà pourquoi il se baladait avec un chien portant la clé d'un coffre-fort suisse sous la peau avec tant de nonchalance. Sentiment qui troublait quelque peu l'Apache, conscient d'avoir abandonné la sérénité de son tipi perché pour courir les sentiers hasardeux de la fortune.

Après trois cigarettes, Dachi reprit sa route, ignorant les aboiements d'Hassan qui, lui, avait flairé la présence des autres.

Malgré les caresses de Julia, Hassan ne trouva pas la demeure de dame Chamine très hospitalière. La faute en incombait peut-être aux quatre matous qu'entretenait la maîtresse de maison. Grook était là, muni d'un appareil photo et de son Casimir fétiche. Calée dans son fauteuil de velours, la reine mère l'accueillit avec le sourire. Elle fumait un long et mince cigare noir. Elle fit signe à Dachi de s'asseoir, mais son œil inquiet se posa sur la boule de nerf que son invité avait le plus grand mal à tenir au bout de sa chaîne.

— Ne le lâche surtout pas, mon garçon ! Ils sont très… vindicatifs, dit-elle en montrant trois des quatre greffiers qui se glissaient derrière les fauteuils, amorçant un mouvement d'encerclement autour du cabot.

Casimir se tenait près de la porte, plié de rire.

— Qu'est-ce qui t'amuse, imbécile ? lança Grook qui, accroupi, essayait de prendre quelques clichés d'Hassan en évitant de cadrer Dachi qui ne voulait pas apparaître sur les photos.

— Regarde le clebs ! fit l'Oblique entre deux hoquets. Il avance en terrain minet ! Terrain minet… ah ah !

Grook se passa la main sur le visage.

— Julia, amène-lui son ouzo, ça le rend moins con.

Casimir ne perdit pas le sourire, ce qui força l'admiration de Dachi. Il se contenta de répliquer :

— Tu sais, y en a, même avec l'alcool, ils décollent pas du fond !

— Bon, je voudrais savoir pourquoi tu nous as amené ce chien, jeune homme, s'enquit dame Chamine en écrasant son demi-cigare dans un cendrier d'opale.

— Je crois qu'il a une puce, répondit Dachi en jetant un coup d'œil vers Casimir. L'Oblique, échaudé, riait silencieusement cette fois, une main pressée sur sa bouche.

Dachi les mit au courant des derniers événements : l'arrivée du Tchétchène qui avait pris Patipoulos en otage, l'enjeu que semblait représenter Hassan, et la possibilité que le chien soit muni d'une puce électronique contenant d'autres renseignements que son identité.

— Il y a un moyen très simple d'en avoir le cœur net ! affirma Julia, qui s'efforçait de calmer Hassan en le grattant sous le cou. On l'emmène chez Dulbecco, le véto. Il a tout ce qu'il faut pour lire une puce.

Ces mots troublèrent profondément Nuage d'Acier.

Il avait été facile à l'Apache de s'introduire dans la propriété de Gabrielle Chamine qu'aucune clôture ne délimitait. La fenêtre du salon, au rez-de-chaussée, était masquée par un double rideau. Il avait donc eu tout le loisir de coller son oreille à la vitre et d'écouter, à défaut de voir. Malgré l'amitié, bien réelle, qu'il portait à son frère de sang, ses rêves de fortune balayaient toute réticence. Pour lui, l'heure de l'action venait de sonner. Laisser ces gens emmener Hassan chez un vétérinaire, c'était perdre toute chance de récupérer le magot. Dans son sac se trouvait la vieille cagoule du temps de ses équipées avec "La Brise de mer", et son P 38.

Le sens de ces événements échappait totalement à Vassiliev. Dissimulé derrière un pin, à une dizaine de pas en arrière, il éprouvait, lui aussi, un grand trouble en voyant que le type sous la fenêtre enfilait une cagoule et exhibait une arme. Mais Igor l'avait envoyé en observateur, pas en commando. Le Russe dégaina son téléphone mobile et le soupesa, hésitant. En téléphonant, il prendrait le risque d'alerter le type de la fenêtre… Bah, tant pis, il ne pouvait rien faire sans l'aval d'Igor, et Igor c'était le téléphone. Il appuya sur la touche.

Chez dame Chamine, les événements se précipitaient. L'argument de Julia ayant convaincu tout le monde, Grook sortit, suivi de Casimir, de la jeune fille et de Dachi, et se dirigea vers sa 4 L.

— Personne ne bouge !

Le journaliste se retourna en soupirant, persuadé que l'Oblique recommençait ses pitreries. Il vit alors un petit homme en survêtement, une cagoule noire sur la tête, qui appuyait le canon d'un revolver contre la tempe de Julia.

— Qui c'est ce fou ? s'exclama-t-il, les poings serrés. Il fit un pas en avant.

— Stop ! Le chien et les clés de la bagnole !

Raoul Babinetti avait adopté un accent mi-russe mi-pieds noir pour ne pas être reconnu par son frère de sang. Celui-ci se tenait entre Julia et la 4 L, les mains levées. Il observait Hassan dont la réaction l'intriguait : le chien faisait des fêtes à leur agresseur.

— Il les braque ! dit Vassiliev en russe à son téléphone. Il est entortillé dans la laisse du chien ! Y a un des types qui bouge ! Il tire ! Non, en l'air seulement ! Quoi ?

A l'autre bout du sans fil, Igor était en train de trépigner dans l'Espace.

— Le type qui a bougé, ça serait pas Idigov ? Fais quelque chose bon dieu !

— Non chef, c'est pas Idigov. Attends !

Le beagle avait soudain un problème de conscience canine. Suivre l'Apache qui le nourrissait depuis la veille, ou rester avec Dachi qui lui parlait avec tant de douceur… Au bout de sa chaîne, il résistait à Raoul qui décida de trancher pour lui. Nuage d'Acier tira d'un coup sec sur la laisse en s'écriant :

— Allez viens, Hassan ! Puis il bondit au volant de la 4 L.

— Chef, il a dit “Hassan” ! Chef, je crois qu’Hassan, c’est le chien ! cracha Vassiliev.

Suivit une flopée de jurons slaves totalement intraduisibles, qui résonnèrent violemment dans l’Espace.

— Je veux ce chien ! hurla Igor dans le portable qui n’en demandait pas tant.

— Trop tard, chef, il a démarré !

Gabrielle, effarée, était sortie en robe de chambre après avoir entendu le coup de feu. Julia tremblait de tous ses membres, Grook aussi, mais lui c’était parce qu’il avait un besoin urgent d’avaler un whisky. La nuit était tombée. Un vent glacial s’était mis à souffler. Dachi s’assit en tailleur sur le sol de la cour, et entreprit de rouler une cigarette. L’Oblique s’approcha de lui, se pencha et lui demanda d’une voix très douce :

— Qu’est-ce que tu fais, là ?

— Je digère, murmura le sage.

Pas un muscle de son visage ne tressaillit. Il était pourtant en plein désarroi. Il avait mis en danger son vieil ami Patipoulos et Léda, Grook et Julia avaient failli prendre une balle, il avait perdu le chien de mémé Oumaraq et, pour comble, il venait de s’apercevoir que son soi-disant frère de sang était un salaud de la pire espèce. Car bien entendu, ni la cagoule ni l’accent russo-pied noir ne l’avaient abusé. L’habile, le sage, le respecté Dachi El Ahmed, était en train de tirer un triste bilan de sa journée. Khayyâm l’avait pourtant averti : *Celui dont le bras te semble un appui – Examine-le bien et prends garde.* Il commençait à comprendre pourquoi, de temps à autre, Pepe Carvalho balançait un livre au feu.

Le feu, Gabrielle Chamine connaissait. Elle avait été l'une des rares femmes reporters au Vietnam. En 1974, elle s'était tirée par miracle des pattes de la police chilienne, en 1988 les soldats soviétiques l'avaient jetée dans un cul de basse-fosse, en Afghanistan. Après la mort de son compagnon, un autre reporter fou, qui avait écopé d'une balle perdue au Liban, elle avait sombré dans l'écœurement et l'alcoolisme. C'est Julia qui lui avait donné la force de remonter la pente. Et c'est dans son cœur de mère que le coup de feu, tout à l'heure, avait déclenché la terreur.

Mais elle se ressaisit très vite et d'un ton autoritaire rassembla tout son petit monde dans le salon. Grook avala trois whiskies coup sur coup et le tremblement de ses mains diminua. Casimir sirotait son ouzo, l'œil pensif. Gabrielle avait conseillé à sa fille d'aller prendre une douche.

— Et toi, monsieur El Ahmed, assieds-toi, ordonna-t-elle, avant de se caler dans son fauteuil.

Dachi se tenait devant eux comme devant un jury d'assises.

— Je suis désolé.

— Casimir, reprit la reine mère, sers-lui un verre ! Ecoute mon garçon : on saisit rarement tous les paramètres d'une situation. Ça m'est arrivé à moi aussi, autrefois. Alors assieds-toi et réfléchis, parce que cette histoire est loin d'être terminée.

Les grands sages n'étaient pas que de papier. Le monde est beau, songea Dachi, ne serait-ce que par ces rencontres exceptionnelles qui parsèment une vie. Pour lui, ces moments-là avaient une importance essentielle. Désormais, dame Chamine prenait place aux côtés de Khayyâm et des autres dans la chaîne des âmes sœurs qui l'aidaient à survivre. Dachi se savait imbécilement sentimental à ses heures ; le tout était de masquer cette faiblesse. La masquer mais la préserver.

Il s'assit. Casimir lui tendit un verre d'ouzo. Le parfum de l'anis le renvoya, un instant, vers les terres ensoleillées d'Orient. Dachi se retrouvait. Pour ce qu'il avait à leur dire, un coup de fouet serait le bienvenu.

— Le type qui nous a agressés, je le connais.

Il leur raconta ce qu'il savait de Nuage d'Acier, le lien existant entre eux, et sa confiance stupide.

— T'as un nom maintenant, dit Casimir à Grook, tu peux aller voir les flics !

— Tu parles, une 4 L de dix-huit ans…

— Putain, reprit l'Oblique, on s'en fout de ton clou ! Y a un chéchène qui a pris un vieux en otage, c'est pas plus important ?

— Gian, coupa dame Chamine, il faut que tu obtiennes des renseignements sur ce Babinetti, et aussi sur ce Khazman Idigov. Essaie sur Internet, ça doit être possible au canard.

Grook haussa les épaules. Il en était à son cinquième whisky et sa conscience de la réalité ne passait plus qu'à travers un filtre épais. Gabrielle consulta Casimir du regard. Le petit homme hocha discrètement la tête, l'air confiant. Dachi se pinçait le bout du nez.

— Le problème, dit-il, c'est le Tchétchène. Il faut que je m'assure qu'il est vraiment ce qu'il dit. Si c'est le cas…

— Qu'est-ce que ça peut te foutre ? l'interrompit Grook en dodelinant.

Dachi se tut et observa ses mains. Les siennes. Celles qui, autrefois, n'avaient pas la sagesse de rester tranquillement étendues sur ses cuisses. Autrefois, elles auraient pu se dire, ces mains, que ce soûlot gras du bide méprisant et grossier méritait de se faire défoncer les dents… Mais elles avaient rencontré les mains des hommes du désert, celles des hommes sages, qui savaient ne pas se transformer en poings pour un oui pour un non. Il laissa passer le flux sanguin et reprit calmement :

— Il m'importe que cet argent, si argent il y a, n'aille pas entre les mains d'assassins.

— Mais c'est tous des assassins, tu l'as pas compris ? lâcha le journaliste, qui n'avait rien vu, rien compris.

— Ce n'est pas mon avis. Liliana Oumaraq est une femme que j'estimais, Hassan lui appartenait, et si ce chien est un coffre-fort ambulant, c'est aux siens qu'il doit revenir.

Grook détourna le regard et fit voleter ses doigts dans l'air, comme si tout cela passait très loin au-dessus de lui.

— Laisse pisser, Dachi, dit l'Oblique, la caravane aboie et le chien passe.

Julia entra. Elle était vêtue d'un peignoir chinois. Elle souriait. Des gouttelettes d'eau scintillaient dans sa chevelure. Tout à coup, Dachi la voyait d'un œil neuf. Sereine et pleine de grâce, malgré le choc qu'elle venait de subir. Gabrielle avait transmis son aura à sa fille. La brunette capta ce changement dans le regard de l'homme. L'échange fut direct, intense et bref.

— Je vais faire du thé, fit-elle d'une voix atone, avant de disparaître.

Dachi se leva en regardant sa montre. Il avait dit à Patipoulos qu'il serait chez lui autour de vingt heures. Il était en retard.

Nuage d'Acier n'avait plus tenu un volant depuis longtemps. Son inexpérience et son émotion le conduisirent à emboutir un pin à la sortie de Bois Joli. La vénérable 4 L terminait tristement sa carrière. Ça fumait sous le capot. Légèrement groggy, l'Apache continua sa course en titubant, dans le quartier pavillonnaire, puis il tomba sur un adolescent qui discutait le coup avec un copain, à cheval sur son scooter. Il le braqua, coinça Hassan entre ses cuisses et démarra comme un jobard. Il avait perdu son tipi, sa sérénité, son frère de sang, tout ça pour récupérer un beagle spécialisé dans la chasse à courre, et qui peut-être, n'avait même pas de puce !

Raoul ne se sentait pas très bien en fonçant chez Andreotti sur son deux-roues. Ce trouble, ajouté au fait qu'Hassan tenta de sauter du scooter en marche, corsa l'affaire. Les amateurs d'effets spéciaux n'auraient pas été déçus. L'Apache ayant passé la lanière de la laisse autour de son poignet, il fut happé par le bras lorsque le chien bondit, sa maigre carcasse décolla du siège et décrivit une élégante parabole. Livré à lui-même, le scooter fila sur son erre jusqu'au moment où il se coucha sur le côté, puis virevolta dans des gerbes d'étincelles, son cylindre emballé poussant un cri rageur. L'atterrissage de Nuage d'Acier eut moins d'éclat, mais l'étrange attelage ne fut pas sans évoquer le supplice de Vercingétorix, traîné par le char victorieux de César.

Le beagle est un chien de courte taille mais puissant, infatigable et têtu. Il fonçait droit devant, haletant car le poids de son harnachement l'étranglait à demi. Il emmenait son Corse à Frais Vallon, dans sa tête de chien, l'abri c'était là-bas. Au bout de dix mètres, toutefois, il s'arrêta. Difficile de trouver sa piste sur le bitume ; Hassan était perdu et Nuage d'Acier de plus en plus lourd. Profitant de la pause, ce dernier réussit à s'asseoir. Meurtri, contusionné, mais pas rancunier, l'Apache l'appela gentiment.

— Viens Hassan, viens mon fils, reposons-nous un moment…

Sa main tremblante fouilla le sac toujours accroché à ses épaules. Il voulait passer un coup de sans-fil à Andreotti. Hélas, le portable n'avait pas survécu à ses tribulations. Par chance, l'avenue était déserte. Il faisait froid, les gens se calfeutraient. L'endurant Apache se remit péniblement en route, à pied. Peut-être essaierait-il de faucher un vélo.

Vassiliev n'en menait pas large en rentrant au bercail. Igor l'attendait, les poings fermés. Le chef lui ouvrit poliment la porte avant droite de l'Espace, et une fois dedans, il régla les comptes. Vassiliev subissait sans rien dire. Il ne serrait pas les dents, il haletait curieusement. Vassiliev était de ces hommes qui n'aiment pas beaucoup se poser de questions et qui, parfois, détestent encore plus les réponses. En cet instant, par exemple, il était en droit de se demander pourquoi les coups d'Igor, loin de provoquer sa colère, sa révolte, sa douleur, déclenchaient en lui des réactions qui ressemblaient furieusement à des spasmes de plaisir. Ce n'était pas la première fois qu'il ressentait cette chose à laquelle il refusait de donner un nom. Pour lui, l'essentiel était de se taire, de ne pas gémir, car si Igor s'apercevait que flanquer une trempe à son subordonné occasionnait chez ce dernier un incontrôlable état d'érection, sa carrière dans l'armée pouvait tourner court. D'ailleurs, le chef était toujours beaucoup plus sympa après s'être défoulé. Parfois même, il lui offrait une cigarette.

Ils furent interrompus dans leurs ébats par un grand “waouff” suivi de cris et d'une grande lueur sur le parking.

Exit la cabine téléphonique de Dachi. La bande à Hocine avait brouillé les écoutes de façon définitive. Les deux Russes essoufflés commençaient à se demander si cette affaire de compte suisse n'était pas un vrai bâton merdeux.

LA BELOTE TCHÉTCHÈNE

— T'es capot mon vieux !

— Kapo ?

— Kaputt si tu préfères ! C'est quand tu ramasses aucun pli.

— Ah ! Khazman hocha la tête.

Ils étaient un peu éméchés tous les deux, lorsque Léda fit irruption. Elle n'avait pas décoléré, ce qui dénotait une réserve énergétique assez considérable. Les patients qu'elle avait piqués dans la journée en avaient fait les frais. Les voir tous les deux assis sur le lit, avec la bouteille d'anisette presque torchée et les cartes étalées, faillit la faire sortir de ses gonds.

— Tout l'après-midi je me suis fait un sang d'encre et toi, tu te saoules !

L'ébéniste échangea un regard luisant avec son Tchétchène.

— Elles sont comme ça par chez toi ?

Idigov baissa les yeux, soudain envahi par une vague de tristesse.

— Excuse-moi, mon vieux, fit Patipoulos.

— Mon vieux ! Il te prend en otage et tu lui donnes du "mon vieux" !

— Ça suffit, Léda ! intima le paternel. Tu sais pas ce que les Russes ont fait à sa famille, alors tais-toi !

Idigov se replia dans la cuisine pendant que la Rouquine examinait sans ménagements les bandages de son père. Elle avait une solide réputation dans sa corporation. Rigoureuse, fiable, intraitable. Tous les mâles de son service, et d'autres, avaient fait des tentatives d'approche et s'étaient cassé les dents. Léda Patipoulos était le fantasme secret du chef du service Rhumatologie, de l'interne de garde, des ambulanciers et de nombreux malades qui appuyaient sur la sonnette rien que pour voir apparaître sa crinière rousse. Pourquoi ne cédait-elle à aucun ? C'était son affaire. Les autres infirmières avaient bien leur petite idée là-dessus, mais se gardaient bien d'en parler en sa présence. De toute façon, Léda s'en moquait, elle n'allait pas tarder à s'installer en libéral. Le monde hospitalier, elle en avait ras la crinière.

Dachi arriva une demi-heure plus tard. Il avait l'air épuisé. Léda ne lui laissa pas le temps de respirer.

— Alors, ce chien ?

— Marchez pas sur les cendres, hein ! s'écria le patriarche, du fond de son lit.

— Il a été enlevé, soupira Dachi.

Il n'y eut pas de tornade. Léda n'était pas du genre à baisser les bras, mais là, elle se sentit dépassée. Sa journée de travail l'avait quand même éprouvée. Elle tira une chaise dans un coin du salon et s'assit en fermant les yeux à demi.

— Démerdez-vous, fit-elle dans un souffle.

Elle avait croisé les jambes, mais il n'y avait rien à voir. Elle portait un jean. Dachi, Idigov et Nestor Patipoulos tinrent conseil dans la chambre. Pour le vieil ébéniste, il n'y avait pas de problème.

— Khazman, je reviens pas sur ma parole. Tu peux rester ici tant que tu veux.

Le Tchétchène et Dachi s'observaient fixement.

— Pas beaucoup de temps, fit Idigov d'une voix grave. Dois rentrer. Rentrer avec Hassan, très vite.

Parler, ne pas parler… Cet homme devait avoir les réponses à bien des questions. Il devait s'en poser pas mal aussi. Echaudé par la trahison de son frère de sang, Dachi n'était pas en veine de confidences.

— Très vite, ça risque d'être difficile, dit-il après un long silence.

— Toi, tu dis le chien s'est échappé, puis après tu dis on l'a enlevé… Je suis pas idiot.

— C'est vrai, reprit Patipoulos, Dachi, qu'est-ce que tu fais avec ce chien ?

Léda se leva, croisa les bras, légèrement penchée en avant. Le sage en avait assez d'être mis sur la sellette. Il décida de percer l'abcès :

— Hassan a été enlevé, monsieur Patipoulos, il a été enlevé parce qu'il est équipé d'une puce électronique qui contient des renseignements secrets. Autant que vous le sachiez, puisque monsieur Idigov, lui, le sait déjà. C'est pour cela qu'il veut le chien. Hassan représente sans doute beaucoup d'argent. C'est pour cela aussi, que Liliana Oumaraq a été assassinée.

Silence. Le regard du Tchétchène s'est réduit à une mince fente. Il est sur ses gardes, et bien que sa main ne frémisse pas, Dachi pressent qu'elle n'est pas très loin du gros revolver.

La méfiance s'était éveillée aussi dans l'esprit du vieil ébéniste.

— Dachi ne m'a jamais menti, fit-il en s'adressant à Idigov. Moi, Khazman, je t'ai invité dans ma maison, ici, y a que des amis...

C'était pour cela que Dachi aimait Patipoulos. Près de quatre-vingts ans et le cœur toujours ouvert. C'était peut-être pour cela aussi que Léda pouvait se montrer si dure. La gentillesse est assimilée à la faiblesse par nos chers frères humains, et la jeune Grecque avait eu à souffrir de la gentillesse de son père. Souffrir pour lui, et parfois pour elle.

Idigov réfléchissait. Le mot "ami" avait pris une valeur très relative pour lui. La plupart des siens étaient morts. Il se trouvait dans une situation qu'il n'avait jamais vécue, dans une maison inconnue, avec de parfaits étrangers qui lui offraient de l'aide, qui ne semblaient pas troublés par la présence d'une petite fortune à portée de leurs mains. Lui-même ignorait quelle somme contenait le compte secret. Il savait seulement que ces fonds provenaient de coups de mains lancés par les hommes du général, de dons effectués par la diaspora tchétchène, peut-être d'autres sources qu'Akhjad Oumaraq n'avait révélées à personne. Il ne craignait pas le vieil ébéniste, mais se demandait à quel jeu jouait cet homme au nez cassé, quelles étaient ses relations avec la Rousse. Ces deux-là n'auraient-ils pas monté une combine pour récupérer l'argent ? La confiance, c'était la mort. Chez lui, les gentils avaient été taillés en pièces. Si la fin justifiait les moyens, lui il était l'homme des moyens. Il laissait la fin à d'autres. Khazman Idigov n'était pas un idéologue, mais il ne manquait pas de sagacité. C'est ce qui lui avait permis de survivre.

Il décida de donner une réponse mesurée.

— Hassan pas pour moi, pour mon peuple. Pour notre combat. Ma mission, tu comprends ?

Patipoulos comprenait. Il ne savait rien de la Tchétchénie, mais les Russes devaient y faire ce que d'autres avaient fait en Grèce, en Arménie, c'était l'histoire perpétuelle des bourreaux et des victimes, des victimes qui ont soif de vengeance et qui, parfois, deviennent bourreaux. Il la connaissait, la chanson. Gentil mais pas imbécile. Il se tourna vers Dachi El Ahmed.

— C'est leur chien, Dachi. Tu sais résoudre les problèmes, toi.

Le sage sentait une lourde main peser sur son échine. Son âme aspirait au désert. Parfois, dans le ciel infini du désert, un grand oiseau glissait dans l'air limpide et projetait son ombre sur les pierres surchauffées. C'était de cette façon qu'il aurait aimé traverser le monde, traverser la vie, loin au-dessus des pierres surchauffées. Son père avait été un *hadj*, un saint homme qui planait au-dessus des contingences. C'était maman qui se tapait le boulot, pendant que papa cherchait la sagesse dans les textes. Dachi avait hérité des deux. Il savait ce qu'il avait à faire.

Et puis, pour la première fois il décelait une lueur d'intérêt dans le regard de Léda. Elle posait sur lui ses yeux magnifiques avec, enfin, une touche de douceur. Et cela fit, à Dachi le crétin, l'effet du foulard passé par le belle au bras du chevalier.

— Je vais le retrouver. Je ne sais pas comment, mais… bon, on verra.

Elle le regarda partir, un imperceptible sourire au coin des lèvres.

Seul avec son chien riche, Nuage d'Acier se sentait assez malheureux. L'Apache, confiné à l'espace restreint d'une terrasse de bloc, avait perdu l'habitude des longues marches. Il avait mal aux genoux, il n'arrivait plus à déplier complètement son coude droit, et une prune violacée avait poussé au-dessus de son arcade sourcilière gauche. De plus, Hassan, qui sentait bien qu'on s'éloignait de Frais Vallon, rechignait à se laisser emmener. Raoul serrait les dents et tirait. Il avait traversé la ville et abordait les collines de Marseilleveyre, au sud. Il se demandait comment allait réagir Andreotti.

Après un coup de sans-fil au consulat, Igor et Vassiliev s'apprêtaient à passer à l'action. Enfin.

Pour cela, il leur fallait abandonner momentanément l'Espace. Imprudent. Mais tels étaient les ordres.

Le sous-secrétaire de l'adjoint au consul, dont le rôle restait assez opaque pour la plupart des collaborateurs de la maison Russie à Marseille, avait failli s'arracher les cheveux en écoutant les explications fumeuses de l'officier de terrain Igor Radaktchiev : Hassan n'était pas le pseudonyme d'Idigov, Hassan était un chien, l'homme à la cagoule avait enlevé le chien, non le type à la cagoule n'était pas Idigov, oui il avait pris le chien du suspect El Ahmed, quant à la cabine téléphonique, quelqu'un y avait mis le feu, Idigov peut-être, non il ne l'avait pas vu, à moins que ce soit le type à la cagoule qui ait fait le coup, c'était peut-être un lieutenant d'Idigov, il avait le teint basané, non pas le chien, le type à la cagoule…

— Assez ! avait hurlé le sous-secrétaire de l'adjoint au consul.

La suite avait été claire comme de l'eau de roche : coincer le suspect El Ahmed et le faire parler. C'était le seul lien qu'il leur restait avec le chien, avec le type à la cagoule, peut-être avec Idigov, bref, Igor et Vassiliev avaient carte blanche pour lui faire cracher le morceau.

Ils s'étaient donc embusqués derrière la porte donnant accès aux caves, au pied de l'escalier du bloc C 8. Escalier que Dachi le crétin dévalait allègrement, l'esprit encore noyé dans les grands yeux de la Grecque.

L'affaire fut vite réglée. Le spécialiste du Frais Vallon-Jitsu ne trouva aucune parade. Un poignard sous la gorge, le canon d'un feu au creux de l'estomac, il se laissa emmener dans les caves, jusqu'au fond du trou noir, assez conscient pour comprendre qu'il allait finir comme mémé Oumaraq, martyr de la cause tchétchène dont, somme toute, il ne connaissait pas grand-chose. Les grands sages se pressèrent en foule, autour de lui, avec des mots de réconfort… *La mort viendra nous effeuiller et d'autres roses refleuriront*, soufflait Khayyâm… *Toute chose après avoir fleuri retourne à sa racine*, assurait Lao Tseu… *La Camarde ne t'a jamais pardonné d'avoir semé des fleurs dans les trous de son nez*, soulignait Brassens…

Vassiliev débuta par une série de crochets au plexus. Très bon ça, le crochet au plexus, ça décourage très vite le partenaire qui cherche son souffle aux quatre coins de l'univers. Igor le frappa ensuite au niveau de la septième cervicale, le poing fermé sur le manche de son poignard. Excellente combinaison avant/arrière, qui démolit son homme à coup sûr. Dachi tomba à genoux, puis sur le côté, et se replia en position fœtale. A partir de là, la règle c'était la traditionnelle avalanche de coups de pieds dans la tête et le dos. Les deux Russes faisaient dans le classique, Khayyâm aussi : *Ne te dépense pas tant en tristesse insensée, mais sois en fête*. Pas de regrets, Dachi, partons très loin avec l'oiseau du désert…

Soudain, il se sentit léger. On ne le cognait plus. Il entendit des voix au loin, plutôt des résonances, puis peu à peu, l'oiseau redescendit en vol tourbillonnant, comme les feuilles dans la chanson.

Igor et Vassiliev détestaient le *coït interruptus*, ils n'aimaient pas retenir leurs coups et moins encore être dérangés en pleine extase. Aussi, y eut-il un périlleux instant de flottement pendant lequel on frôla la tuerie. Hocine et ses quatre potes sentirent le vent de la mort passer à deux doigts de leurs joues. Le sabre japonais trembla dans sa main ; deux de ses copains brandissaient des couteaux papillons, un troisième tenait une lampe de poche dont le faisceau lumineux était dirigé vers la face d'Igor. Le quatrième, Mourad, était le seul à posséder une arme à feu. Un pistolet à grenaille. Le dialogue ne mérite guère qu'on s'y attarde. Résumons-nous à l'intervention d'Hocine :

— Lâchez-le, putain de vos mères !

La lampe n'était pas assez puissante pour aveugler l'officier de terrain Igor Radaktchiev qui évalua rapidement les forces en présence : un pétard, une épée, deux couteaux. Vassiliev qui avait rangé son revolver dans son holster pour taper plus à l'aise était pris au dépourvu ; lui, il tenait le poignard dans sa main droite et la gauche était posée sur la crosse de l'arme glissée sous sa ceinture. Les jeunots avaient l'air surexcités, le *timing* ne jouerait pas en sa faveur. Il dit un mot en russe et lâcha sa lame dont le tintement, sur le sol de la cave, fit ouvrir un œil à Dachi.

— Les flingues ! cracha Mourad qui tenait son pistolet à grenaille au bout de ses deux bras, comme dans les thrillers américains qu'il se passait en boucle.

Hocine fit un pas en avant, la lame de son katana pointée vers la gorge d'Igor. Celui-ci dit encore un mot en russe.

— Parle en français, connard ! beugla Mourad. Putain, putain !

Il tremblait de tous ses membres, il avait de plus en plus de mal à se maîtriser, mais loin de conforter les deux Russes, cette tension les incita à se délester en évitant le moindre faux mouvement.

— Déconnez pas les gars, fit une voix d'outretombe. Respirez, tranquille…

— Ça va, Dachi ? demanda Hocine sans lâcher Igor du regard.

— Ça ira…

Il se mit à quatre pattes, tenta vainement de se lever. Des lucioles rouges et blanches tournaient autour de lui. La poésie foutait le camp et les douleurs remontaient au galop.

— Dehors ! ordonna Hocine. Si on vous revoit dans la cité, vous êtes morts !

Ils furent conduits sous bonne escorte jusqu'à l'entrée de l'immeuble. Sous la lueur des réverbères, une foule d'habitants de la cité, en majeure partie des jeunes, les attendait. Vassiliev avait encore une arme glissée en haut des fesses, sous sa ceinture, mais si le chef ne prenait pas d'initiative, c'est qu'il avait ses raisons. Il ne fallait pas se poser de questions. L'officier Igor Radaktchiev, lui, s'en posait. C'était lui le cerveau de l'équipe. Qui étaient ces gens ? Pourquoi les insultaient-ils ? Il était venu pour les débarrasser d'une vermine, il faisait le sale boulot, pour la juste cause ! Ils ne comprenaient rien, évidemment. C'était ça, le ferment du terrorisme : des gens qui ne comprennent pas où se trouve leur véritable intérêt, qui ne reconnaissent plus les gentils des méchants, comme disaient les Américains ! Pourtant, ils devraient œuvrer la main dans la main pour éliminer les cancrelats ! Ah, c'était facile de critiquer tant qu'on ne mettait pas le nez dedans ! Fallait pas lui parler des civils, à Igor. Même chez lui, à Moscou, on en trouvait de ces crétins pacifistes opposés à l'intervention en Tchétchénie, qui faisaient le jeu d'Al Qaida et sa clique bien sûr, parce que si on n'est pas dans un camp c'est qu'on est dans l'autre, pas de demi-mesure avec le Mal ! C'était à ça qu'ils servaient, les militaires, protéger les civils contre eux-mêmes si nécessaire.

Mais colère ou pas, pour l'instant les forces du Mal étaient supérieures en nombre. Et par-dessus le marché, l'Espace avait disparu. C'est à pied et en serrant les dents qu'ils traversèrent la cité, sous les huées et les crachats.

— Putain, frère, dans quel état y t'ont mis ! murmura Hocine, accroupi près de Dachi. On t'emmène à l'hosto ? J'ai une Espace.

Dachi lui posa une main sur la nuque. Il essayait de sourire.

— Merci, j'oublierai pas. T'inquiète pas, je connais une bonne infirmière, mais il va falloir que tu m'aides à grimper six étages.

UNE FORTUNE DANS LA PEAU

Hassan n'était pas content. Il ne remuait plus la queue. D'abord, ce petit roquet nommé Casier manifestait une grande hostilité. Hassan lui avait filé un coup de dents sur le museau pour lui faire comprendre qu'il ne se laissait pas impressionner par une demi-portion. Mais l'imbécile continuait à tourner autour de lui en montrant les crocs. Ensuite, l'homme à l'odeur sauvage ne lui avait rien donné à manger. Et au lieu de s'occuper de lui, il était en train de se disputer avec un autre type qui avait cherché à lui tâter les oreilles. Hassan l'avait mordu et le type n'était pas content du tout lui non plus. Pour finir, on l'avait attaché court au pied d'un olivier tout sec. Il avait beau être de bonne composition, ça faisait beaucoup. Pour tout dire, Hassan ruminait des projets d'évasion.

— T'y es fada, t'as pété un plomb, c'est tout ce que je vois ! beuglait Andreotti en enroulant un bout de gaze autour de sa main.

— Je te dis que ce clebs a une fortune dans la peau, t'y es con ou quoi ?

— Et même si c'était vrai cette connerie, qu'est-ce qui va se passer maintenant ? L'armée russe va débarquer ? J'étais peinard avant que tu pointes ta gueule ici, et si ça se trouve, tout à l'heure y vont attaquer ma pizzeria au lance-roquettes !

— Délire pas, y me connaissent pas, y m'ont jamais vu, je suis rayé des cadres depuis longtemps, même la police a perdu ma trace. Tu me prends pour un con ?

— Tu veux vraiment que je te réponde ?

— Putain, Andreotti, t'as perdu tes réflexes de base ou quoi ? Avec ce que je t'amène, c'est pas une pizzeria que tu vas pouvoir t'acheter, c'est une chaîne de pizzerias, tu vas être le McDo de la pizza, tu pourras envoyer tes gosses à l'ENA, tous les caïds du coin vont te manger dans la main !

— Il a pété les plombs ! répéta Andreotti en se laissant tomber dans son fauteuil. Mais Raoul avait semé le trouble dans son esprit. Il avait touché juste en parlant des gosses. L'histoire des caïds l'inquiétait plutôt, Andreotti était un type peinard et il n'avait aucune envie que la pègre locale lui mange dans la main, parce qu'elle la lui mangerait très vite, la main, et le bras avec. Mais imaginer un avenir en rose pour ses deux garçons, c'était autre chose. A condition d'avoir un parapluie. Et dans sa tête de sage vieux truand, un plan commençait à se dessiner. L'ancien comptable de "La Brise de mer", lui, était toujours dans la course. Ces types ne se trouvaient jamais sur la ligne de front, la plupart avaient des casiers aussi minces que ses pizzas. De vrais malins. Le mettre au jus c'était perdre une bonne partie du gâteau, mais c'était le prix de la tranquillité. A condition de ne pas se faire doubler bien sûr, c'était là le hic. Il faudrait se fendre d'un petit voyage en Suisse, avec ce fada de Babinetti pour assurer ses arrières. Un élément difficilement contrôlable, l'Apache, mais il avait au moins un mérite : du temps de "La Brise de mer" c'était lui le plus cinglé ; il trimbalait une solide réputation de fêlé dangereux, et ça, c'était peut-être suffisant pour inciter le comptable à se tenir à carreau.

Nuage d'Acier respectait le silence d'Andreotti. C'était pas un con, Andreotti, il avait su faire sa place au soleil. Il trouverait la bonne solution. L'Apache avait autre chose à lui demander :

— Dis, Roulis, j'ai la dalle ! Tu veux pas me faire une pizza ?

Grook jeta la bobine dans le seau rouge et le type du labo, perché au troisième, hissa le chargement. Ça fonctionnait ainsi au canard. Le seau rouge faisait des allers-retours dans le puits de lumière de la cage d'escalier, transportant pellicules et clichés sur papier entre la salle de rédaction du premier et le labo.

— Un chien ? T'as photographié un chien ?

La cigarette du rédac'chef lui pendait au bout des lèvres. Grook raconta son histoire, pendant que le chef fixait les stries rouges de ses yeux afin d'évaluer le degré d'ébriété de son journaliste. De deux choses l'une, songeait-il, ou bien c'est le moment de lui faire prendre des vacances forcées – le chef était attaché à Grook, à aucun moment il n'avait pensé s'en débarrasser malgré ses frasques et sa baisse de productivité –, ou bien il tenait un scoop, un vrai de vrai, ce qui n'était plus arrivé au canard depuis des lustres. Il décida de lui laisser la bride sur le cou. D'ailleurs, ça ne changeait pas grand-chose.

Grook ne connaissait rien à internet. Mais les jeunots sortis de l'école de journalisme, eux, baignaient dedans. Il colla un blondinet devant l'écran, s'assit tout près, lui infligeant son haleine chargée, et lui donna les mots-clefs. Deux heures plus tard, le blondinet avait les yeux aussi rouges que lui. Il avait imprimé une quinzaine d'articles relatifs à l'équipée de la bande de “La Brise de mer”, dont quelques-uns faisaient mention d'un certain Raoul Babinetti toujours recherché par la police, plusieurs feuillets en langue anglaise, ainsi qu'une mauvaise photo en noir et blanc montrant le général Akhjad Oumaraq en compagnie de son bras droit, le colonel Khazman Idigov.

— Allez viens, je te paie un verre ! fit Grook en lui posant la main sur l'épaule.

Le blondin lui jeta un regard vaguement apeuré. Une chose était certaine, ce n'était pas ainsi que le jeunot voyait son avenir professionnel. Pour les nouveaux dans le métier, Grook faisait office de repoussoir. Ce qu'il ne fallait surtout pas faire, et surtout pas devenir. Il avait plus fait pour l'abstinence dans le milieu journalistique que bien des campagnes signées par les Alcooliques Anonymes.

Grook le regarda en hochant la tête, avec le sentiment d'être dans la peau du dernier dinosaure. Ou de l'avant-dernier, se dit-il, dans une remontée consciente de sa propre insignifiance. Il n'avait pas bu depuis trois heures. Il se sentait un peu tendu, mais finalement bien. Une petite lueur s'était allumée dans son désert personnel. Comme une réconciliation avec ce qu'il avait été autrefois.

Minuit passé. Le pauvre gosse avait bossé sans rechigner. Grook n'avait pas la force de rentrer chez lui à pied. Il n'avait même plus envie d'aller écluser un verre au troquet du coin. Il restait un fond de bouteille dans son tiroir. Il l'ingurgita avant d'aller se coucher dans le bureau du rédacteur en chef. Le fauteuil l'accueillit avec un gémissement.

LE TIGRE EN BAS DE LA FALAISE

Ce fut un matin douloureux et radieux. Dachi s'éveilla avec la sensation d'avoir passé la nuit dans un étau. C'est le coup en haut de sa colonne vertébrale qui l'avait le plus ébranlé. La veille, Léda avait insisté pour l'emmener aux Urgences, il avait refusé, elle avait haussé le ton, mais il avait trouvé un argument majeur : les Russes risquaient de les suivre pour terminer leur sale besogne. Il avait donc passé la nuit dans la chambre d'enfant de la belle Grecque, au milieu de ses photos de jeunesse, dans son parfum indéfinissable. Ses rêves avaient mêlé l'horrible au merveilleux. Et la première chose qu'il vit en ouvrant les yeux fut un visage auréolé de lumière rousse.

Elle avait aussitôt disparu pour revenir avec une tasse de café. Le matin, il préférait le thé, mais ce café-là valait de l'or. Le plaisir qu'il prit à le boire lui fit remonter en mémoire une histoire relatée par un maître taoïste : un vieux sage était tombé d'une falaise et s'était raccroché à un miraculeux arbuste jaillissant de la roche. Suspendu par un bras au-dessus du vide, il s'aperçut que des fraises sauvages poussaient sous l'arbrisseau. Au bas de la falaise, un tigre attendait sa proie. La branche commençait à craquer. Alors, le vieux sage se délecta des fruits, ne songeant à rien d'autre.

La belle tigresse s'efforçait de ne pas laisser percer la douceur dans son expression. Prenant conscience qu'elle était en train d'observer un homme couché dans son lit d'enfant, auquel elle venait de servir un café, elle s'ébroua et disparut à nouveau. Dachi s'habilla en se demandant qui l'avait déshabillé. La veille, Léda lui avait donné un médicament et il avait aussitôt sombré. Il frémit à l'idée que c'était elle qui…

Son épine dorsale craquait bizarrement, il avait la sensation qu'un des Russes avait oublié son poing dans le creux de son estomac. Assis sur le lit, il ferma les yeux et respira profondément, par l'abdomen. Il fit rouler doucement ses épaules, tenta un étirement qui provoqua de nouveaux craquements dans son dos. Il se leva péniblement.

Khazman Idigov commençait à tourner en rond, entre le salon avec sa zone interdite, la salle de bains et la petite chambre de Patipoulos. Lui aussi buvait son café, mais il le trouvait amer. Pour lui, le temps s'écoulait comme le sang d'une blessure. Il avait beau connaître la patience, savoir que le nerf de sa guerre s'était évanoui dans la nature et que le seul homme capable de le dénicher était presque dans l'incapacité d'agir, le mettait à la torture.

Ils se trouvèrent nez à nez dans le salon.

— Comment tu fais, maintenant ?

Mauvais français ou style laconique ? Homme mystère, songea Dachi en enfilant son pardessus.

— Maintenant, je vais chercher le chien.

— Comment tu vas, Dachi ? s'enquit le vieil ébéniste, du fond de son lit.

— Ça ira, merci pour tout ! Merci, Léda ! lança-t-il.

— Elle est partie, répondit Patipoulos. Elle était en retard, elle a horreur d'être en retard.

Il faisait grand soleil. Comme si le printemps arrivait. Il était encore loin pourtant.

Après une douche brûlante, un bout de pain accompagné de fromage de chèvre sec et d'un demi-litre de thé, il se sentit un peu mieux. L'appartement lui semblait plus vide qu'à l'ordinaire. Il s'était passé tellement de choses en peu de temps… Son univers bouleversé à la fois de l'extérieur et de l'intérieur. Dachi finissait de se raser lorsqu'une main discrète toqua à sa porte. Il ne craignait pas le retour des Russes pour l'instant. Il se doutait qu'ils reviendraient à la charge, mais la cité avait des yeux et des oreilles. D'ailleurs, il reconnaissait cette façon de s'annoncer. Il n'avait pas très envie de la voir, ce matin-là. Mais il ouvrit tout de même.

Il lui fallut des trésors de diplomatie pour éconduire gentiment madame veuve Gadjian, manifestement inquiète. Non merci, j'ai déjà mangé, non je n'ai pas le temps de me reposer – Tu vas voir, je vais bien m'occuper de toi ! – Je sais, mais il faut que j'aille bosser de temps en temps, on se verra plus tard…

Elle était repartie mi-figue mi-raisin. Savoir qu'il avait passé la nuit chez Patipoulos ne lui plaisait pas. Pas du tout. Parce que là-bas, il y avait cette rouquine. Madame veuve Gadjian était au courant de pas mal de choses. Les yeux et les oreilles de la cité, c'était interactif.

LE RYTHME DANS LE DAIM BLANC

Grook. Gian Dimitri Gruckione pour les intimes, fils d'un docker génois et rouge, se sentait léger ce matin. Et c'est d'un bon pas qu'il prit la direction de sa minuscule casbah. Il allait réveiller Casimir. Il hébergeait l'Oblique depuis quelques jours.

Pas de gueule de bois aujourd'hui. Marseille lui souriait. Un peu surpris, il ralentit le pas. Dans le ciel gris tournoyaient des passereaux en nuages changeants. Il s'arrêta pour les contempler. Sur la Canebière, quelques passants levaient le nez. Les oiseaux d'octobre deviennent artistes du ciel. Ils font dans l'abstraction fugitive. Le nuage monte, s'effiloche, s'étire, ses pointes reviennent en boucle, forment un disque glissant sur le côté, qui se retourne, devient cœur, s'ouvre et se rassemble, file très loin au-dessus des toits… Grook l'enfant échange un regard avec l'un des passants qui, comme lui, demeure suspendu dans le temps. La bouche et les yeux grand ouverts. Des gosses auxquels on vient de faire un cadeau inattendu, joli comme le monde qu'on leur a promis. Sourire. Instant rare et précieux, le sourire à l'autre. Aussi fugitif que le passage des zoziaux.

C'est fini.

Les bagnoles, les vapeurs lourdes, chacun repart sur sa ligne, juste le souvenir d'une respiration…

Le fond d'une impasse, rue Pastoret. On grimpait un étage dont une brèche dans la base s'ouvrait sur un abysse d'où, parfois, un rat pointait le bout moustachu de son museau. Habitat insalubre non encore réhabilité. Loyer bon marché. A l'écart des rénovations qui faisaient rage dans la ville. Deux pièces. Une cuisine avec, en fond, une alcôve aveugle abritant un lit à deux places. La fenêtre de la cuisine donnait sur une courette dans laquelle on avait planté, jadis, un bel if qui produisait des baies rouges à l'automne. Et dans le petit salon, un autre lit réservé aux invités, quand il y en avait, ce qui était rare. Pour l'heure, c'était le dénommé Casimir qui y couchait. L'Oblique débarquait de temps à autre, pour taper le carton. Il aimait la bolognese de Grook. Il aimait aussi prendre son café dans la cuisine en observant les moineaux qui jouaient dans l'if captif, et picoraient les miettes de pain dur sur le rebord de la fenêtre. C'est ce qu'il était en train de faire au moment où le journaliste réintégra ses pénates.

— Té, vé ! Où t'as passé la nuit, vieille chose ?

La "chose" brandit une poignée de paperasses aussi froissées que sa figure.

— Je sais tout. Ou presque. Le braqueur de l'autre soir est un ancien de "La Brise de mer" !

— Ouh ! Mauvais, ça !

— Et le Tchétchène est réglo. C'est le bras droit du fils de la mémé.

— Ah ! Bon, ça !

— Putain, t'as du vocabulaire aujourd'hui !

Regard oblique de Laurel à Hardy. Le petit malingre toisant le grand lourd. Celui-ci tira la seconde chaise par le dossier et l'enfourcha. Puis il rafla la tasse de café de son compagnon et la vida d'un trait. Une étincelle illumina son œil. Ça faisait longtemps qu'elle avait disparu.

— Toi, t'as touché à la femelle ! diagnostiqua l'Oblique.

— Un blondin, c'était un blondin. Allez, fais pas ta jalouse, je t'explique...

Ce qu'il fit, tout en préparant une seconde tournée de café.

— Le nom que t'as dit, là, le copain du Raoul, comment c'est déjà ? demanda Casimir.

— Y en a plusieurs, attends... Grook consulta ses feuillets – t'as Raphaël Girotto, le comptable, Tonelli, le cerveau – mais celui-là il est mort –, Andreotti, qui s'occupait du matos...

— Çui-là, je le connais.

— Andreotti ?

— Ouais, y a plein d'anciens truands qui vont manger la pizza dans son bouiboui. Y s'est recyclé dans la mozzarella.

Court silence. Grook roula une épaule dans son vieux wax. Il parvenait à aligner deux idées d'affilée alors qu'il n'était même pas midi... Décidément, se dit-il, cette journée d'automne a quelque chose de printanier.

— Finis ton café, Casimir Desnouettes, grand connaisseur des bas-fonds marseillais, on va au QG !

— Au quoi ?

— Chez Gabrielle, fissa !

*

— Khazman, tu sais pour le chien, j'ai une idée ! lança pépé Patipoulos du fond de sa cuisine. C'est tout con, mais…

Mais Khazman n'était plus derrière le rideau de la fenêtre, à guetter. Le vieil ébéniste se sentit tout bête avec ses deux tasses de café fumant dans les mains. Il avait disparu comme de la vapeur, le Tchétchène. Patipoulos baissa les yeux vers les cendres de feu son épouse, sur les carreaux du salon. Aucune trace de pas. Il avait fait attention. Il était peut-être allé chercher des cigarettes… Ça lui manquait, le tabac.

Le pépé posa ses tasses sur la table de chêne et s'assit lourdement. Il regarda les cendres, puis l'urne.

— Toi non plus, hein, tu crois pas qu'il est allé aux cigarettes ! Il a vu quelque chose, hein ?

L'urne demeura silencieuse. Un voile de tristesse glissa sur le visage du vieux. Il poussa la deuxième tasse vers l'autre bord de la table. Elle serait pour le fantôme de sa bien-aimée, puisque l'autre était parti. Retourné à sa guerre.

— Qu'est-ce que tu dis ? demanda-t-il à l'urne.

Un petit trait de détermination éclaira son regard.

— Tu as raison ! Je vais quand même le faire. Au moins, j'aurais fait quelque chose !

Patipoulos se leva, exhuma un annuaire du tiroir du buffet, ajusta ses bésicles et mouilla ses gros doigts d'artisan pour tourner les fines feuilles.

— Tè, SPA !

Il décrocha le combiné.

— Bonjour ! Comment on fait quand on a perdu un Tchéchè… heu, un petit chien ?

— …

— C'est un beagle. Il a une puce.

— …

— Quoi ? Non, je lui ai jamais fait de shampoing. Je…

— …

— Mais non, madame, je le maltraite pas ! Enfin, vous allez quand même pas me dire qu'il s'est échappé parce que je l'ai pas lavé !

— …

— Non madame, non, je suis pas chasseur, j'ai passé l'âge et…

— …

— Quoi ? Un petit gros ?

— …

— Ah, oui, un pedigree, je comprends… – Et là, Patipoulos crut avoir une idée géniale : Un pedigree, tu parles ! Même que c'est le chien le plus cher du monde, parfaitement madame ! Et il a été enlevé !

— …

— Mon nom, mon adresse, le nom du chien… Attendez, doucement, doucement…

Lorsqu'il raccrocha, son interlocutrice se lança dans une intense réflexion. Un chien riche ? Une histoire qui risquait d'avoir des répercussions. Peut-être une occasion de sensibiliser les médias. Il fallait faire appel à quelqu'un de plus haut placé.

Peu avant midi, à des kilomètres de là, un sac en daim blanc se mit à chanter *Agua de beber* avec la voix d'Al Jarreau. "Le rythme dans la peau !" lança Roberta Vadim-Angouste avec un sourire un peu embarrassé, avant d'introduire ses doigts bagués d'émeraudes et de saphirs entre les lèvres de daim blanc, à la recherche de son téléphone mobile. Le calembour n'était pas d'elle, mais elle avait adopté cette pirouette pour faire passer la pilule auprès des amis agacés par cette désagréable interruption. En l'occurrence, l'amie assise en face d'elle, trempant le bout de sa langue dans un *alexandra*, n'était autre que Brigitte B. qui, effectivement, affichait un petit air pincé. Roberta Vadim-Angouste déplia et replia ses longues jambes gainées dans du jean délavé à cent euros la jambe, et sa bouche forma un "allô" si joliment dessiné que Brigitte B. en fut secrètement ulcérée.

Lorsque Roberta Vadim-Angouste raccrocha, ses seins se soulevèrent avec une détermination nouvelle. Elle allait enfin rompre avec l'ennui de cet interminable automne. Hassan le beagle était sauvé. Parce que, quand la Vadim-Angouste, célèbre égérie de la SPA, s'en mêlait, ça décoiffait !

LE *CHÉCHÈNE* EST RÉGLO

Une fois n'est pas coutume, une question turlupinait Vassiliev. Après une nuit à l'hôtel et un bon repas, ils étaient d'attaque. Le fiasco de la nuit précédente, ni l'un ni l'autre n'y avait fait allusion. Affaire classée. Oubliée. Taboue. Mais la mission continuait, et ils avaient une seconde piste depuis que Vassiliev avait repéré la maison de dame Chamine. Ils s'étaient procuré un nouveau véhicule et s'étaient postés dans les bois cernant la villa. Vassiliev observa son chef à la dérobée. Igor avait son expression des mauvais jours. Pas le moment, pas le moment… Mais Vassiliev n'y tenait plus :

— Chef, je peux poser une question ?

Pas de réponse. Les doigts durs d'Igor tapotaient nerveusement le volant.

— Chef, pourquoi on a acheté cette casserole ?

Igor braqua les deux FM qui lui servaient d'yeux sur son subordonné.

— Tu comprends pas, connard* ? J'en ai marre qu'on se fasse piquer des bagnoles. Ça s'appelle une deux chevaux.

* La traduction française des grossièretés et autres turpitudes sémantiques ne saurait être que très approximative. *(N.d.T.)*

— Nitchevo ?

— Deux chevaux, crétin ! Ça vaut rien. Même si tu refais la connerie d'oublier les clés dessus, personne ne l'embarquera. C'est déjà ça.

Ce en quoi Igor se trompait, car comme chacun sait, les vieilles deudeuches sont très prisées des collectionneurs. Mais malgré ses états de service, comment l'officier Radaktchiev pouvait-il avoir conscience de la valeur de ce fleuron des années cinquante ?

— C'est dur de dormir là-dedans, chef, même à l'arrière !

— Et avec ma main sur la gueule, c'est mieux ?

Vassiliev éprouva un curieux frisson. Encore une question et il y aurait droit, à sa dérouillée. Il se rencogna dans le mauvais fauteuil, à la place du mort. Il ne fallait pas abuser des bonnes choses.

Et puis, il y avait du mouvement là-bas. Un taxi venait de passer sur le chemin et de s'arrêter devant le portail. Deux hommes en descendirent. Un lourd, vêtu d'un wax, et un petit maigre au crâne oblique.

— Chef, c'est les copains du suspect !

— Quel suspect ?

— L'Arabe. Celui qui s'est fait kidnapper le chien.

— On dit pas "kidnapper" pour un chien.

— On dit quoi, chef ?

— Ta gueule ! Va écouter !

Comme Vassiliev sortait de la deudeuche, Igor ajouta :

— Et fais gaffe, il peut en arriver d'autres !

*

La solitude était un baume. Combien de fois avait-il atteint le fond du grand bleu, comme dans le film, jambes en tailleur sur son tapis… Un peu de thé, du tabac, pas d'expédients – cette période-là n'avait guère duré chez lui – car Dachi El Ahmed avait trouvé la sérénité dans la nudité. La sérénité, pas le bonheur. Sa tête cherchait la première, son cœur cherchait le second. Et le sage se méfiait de cette pompe rouge dont il avait du mal à contrôler le rythme. Machinerie trop délicate, qui se déréglait pour un oui pour un non, parce qu'un petit chien noir et blanc ne frétillait plus dans la maison, ou parce qu'une rousse lui avait préparé un kawa. Ou parce qu'il avait sous la paupière, depuis quelque temps, l'image d'une mémé souriant malgré les couteaux. On trouve toujours plus sage que soi.

Deux Russes sur le dos, un Apache qui avait pris la clé des champs, un Tchétchène agacé, une rousse exigeante et un petit beagle à retrouver, ça faisait beaucoup pour un ermite. *Sauf au cœur de la terre, nous sommes sans asile…* Ah, Khayyâm ! Sagesse inadéquate pour qui restait attaché aux misères humaines, sagesse de papier, exigeante, implacable. Le poète aurait peut-être noyé son désarroi dans le vin. Ou bien aurait-il fait comme lui, Dachi, enfilé son vieil imper, muni d'une provision de tabac, d'une solide chaussette remplie de grenaille, de quelques billets fourrés dans une poche, et serait-il parti à la recherche du chien céleste ?…

Ah oui, il prend aussi sa casquette. Avec l'âge, il craint de plus en plus la morsure du mistral sur son front. Naturellement, c'est vers la demeure de Gabrielle Chamine que ses pas le portent. Il espère y trouver réponse à certaines questions.

L'oreille plaquée contre la vitre, Vassiliev ne captait pratiquement rien. Le froid s'était levé en milieu d'après-midi, un petit vent glacé qui pénétrait l'os. Julia avait soigneusement fermé les fenêtres et tiré les rideaux, car Gabrielle, qui avait connu les geôles humides du Chili et les bivouacs dans les hauts cols des monts afghans, était devenue frileuse à l'extrême.

Igor, dans la deudeuche, avait enfilé ses moufles et fumait cigarette sur cigarette. Des clopes aux filtres de carton épais, qui ne brûlaient pas les gants. Soudain, ses mains se crispèrent sur le volant : l'Arabe venait de surgir devant la porte d'entrée, sorti d'on ne sait quel sentier. “Où est ce con de Vassiliev ?” marmonna le Russe aux moufles.

Vassiliev était planqué derrière un cyprès. C'était un soldat tout de même, qui ne se laissait pas surprendre si facilement. Mais ce que n'avaient vu ni Igor, ni Vassiliev, ni Dachi, c'était le quatrième homme, aux aguets, accroupi derrière un buisson de chênes verts. Lui aussi était un soldat, l'un des plus fins stratèges de la résistance tchétchène, qui avait décidé de reprendre ses affaires en main.

La porte s'ouvrit. Dachi pénétra dans un halo de chaleur.

Du fond de son trône de velours, la reine Chamine observait son petit monde avec un sourire énigmatique. Elle sirotait un thé venu de l'Elbourz, les montagnes de la vieille Perse, qui lui remit en mémoire ses tribulations de jadis. Avec ses pieds enflés et ses poches sous les yeux, son lourd peignoir chamarré qui ne la quittait plus, elle n'évoquait guère la reporter en treillis à qui il arrivait de passer la nuit dans la rocaille, recroquevillée sous une couverture de survie. Parfois, elle regardait son histoire onduler sous la surface ambrée d'un pure malt, comme une légende entrevue dans le miroir d'une sibylle. Combien de fois était-elle allée en puiser la saveur jusqu'à ce que l'univers lui glisse des doigts !

Mais en quelques jours, l'intrusion de ce curieux personnage aux yeux sombres et au nez cassé l'avait sortie de sa léthargie. Elle n'était pas la seule : ils avaient tous l'air assez excités.

— Nous avons une piste pour le chien ! annonça Julia, trépignant. Bottes, jeans, veste de cuir noir, la voici prête à faire le coup de main.

— Et le *Chéchène* est réglo ! ajouta Casimir en hochant la tête. Il avait l'air d'un second couteau dans un film de Bogart.

Grook tendit à Dachi la photo téléchargée montrant Khazman Idigov aux côtés du commandant Akhjad Oumaraq. La légende disait : "*Patriotes ou terroristes ?*" Précieux petit bout de papier qui réchauffa le cœur d'El Ahmed.

— Je peux le garder ?

— Bien sûr, répondit le journaliste avec un sourire amical.

Plus d'ombre autour des yeux et de la bouche ? Pas de voile dans le regard ? Serait-il à jeun ?

— Oui, monsieur El Ahmed, dit la vieille sibylle d'une voix un peu éraillée, ils sont prêts à pourfendre les moulins. Vous les avez embarqués dans votre quête. – Elle rit, la Pythie, dans ses vapeurs de thé et de cigare. – Un Quichotte fourbu, un Sancho loufoque, douteuse équipe, mais dans une époque où les médias inondent le monde de rationalité, de réalisme comptable et consumériste, on trouve les rêveurs qu'on peut.

— Tu m'as oubliée, ma mère !

Question épineuse, en effet. Gabrielle observa sa fille à travers un nuage bleuté. C'était sa seule crainte : voir Julia s'embarquer dans cette galère. Sans doute un peu par béguin pour les yeux sombres – la vieille renarde avait flairé la chose – sans doute aussi parce que la jeune femme avait récupéré les débris de ses propres illusions. Elle ne répondit rien, dame Chamine. Même si cela lui nouait l'estomac, elle savait qu'elle n'éviterait pas toujours à Julia de marcher au bord du précipice.

Grook coupa court au petit malaise qui menaçait de s'installer :

— Ton Raoul Babinetti est un truand fiché par la police. Tu t'en doutais, je suppose ? Ouais, bon. Il se trouve qu'un de ses anciens complices tient une pizzeria, pas loin de la Pointe Rouge. Un nommé Andreotti. Faudrait aller voir. Qu'est-ce que tu décides ?

Dachi haussa les épaules.

— Eh bien… je vais essayer de récupérer Hassan. Ensuite, je le confierai à Idigov.

— Bravo ! s'exclama l'Oblique en se levant.

Grook attrapa un petit sac à dos et passa ses bras dans les bretelles.

— Qu'est-ce que vous faites ?

— Appareil photo, enregistreur, j'ai tout ce qu'il faut, répond le journaliste qui ajoute, avec un soupir : sauf ma vieille 4 L.

Une ride se dessina sur le front de Dachi le solitaire.

— Non, j'ai déjà impliqué trop de gens dans cette histoire.

Grook fit un pas vers lui en agitant l'index.

— Tu m'as déjà privé d'un bon reportage, souviens-toi. Ce coup-ci, tu vas pas me priver d'un scoop !

Le silence n'est pas toujours froid. La vitesse du sens porté par le silence est infiniment supérieure à celle de la parole. Dachi vit soudain l'enfance percer le masque de cuir épais du journaliste, le cynisme trop vite superposé à la naïveté, il comprit en même temps les différences profondes existant entre ce vieil enfant et lui, lui que l'innocence avait quitté bien avant que des boutons d'acné ne lui poussent sur le nez. Cette affaire, pour Grook, c'était une bouée de sauvetage. Le regard de Casimir confirma cette impression. Le petit homme, lui, savait où il mettait les pieds, mais il s'en foutait, du moment que ça se passait en famille.

Tous observaient Dachi, comme si lui seul détenait la solution, la clé. Même la clairvoyante Chamine, qui avait suivi le fil de sa pensée, mais ne se prononçait pas.

Dachi savait très bien ce qu'il aurait dû faire. L'aréopage de sages nichés dans son cerveau le lui soufflaient : *Maintiens-toi en quiétude face à l'agitation fourmillante des choses*, lâche négligemment Lao Tseu, *Bois du vin*, soupire Khayyâm, le nez dans les fleurs, *Bande à part sacrebleu, c'est ma règle et j'y tiens*, fredonne Brassens en grattant sa guitare. Tout envoyer valdinguer et rentrer à Frais Vallon, tel est le chemin de la sérénité.

— Bon, dit-il, et ses yeux se posèrent sur la frémissante Julia prête à leur emboîter le pas. Non ! lâcha-t-il.

— Si ! D'ailleurs, la seule qui a une voiture ici, c'est moi ! rétorqua-t-elle.

Ils se mirent en route.

DU BAROUF CHEZ ROULIS

C'est beau, la Pointe Rouge. Un coin chéri des Marseillais, tout près des calanques, avec un horizon au-delà duquel on imagine l'Afrique des épices et des oasis. Le samedi soir, on peut rêver en mangeant la pizza. On voit le soleil se coucher et le ciel se teinter de vermeil, les soirs de mistral. Plus de truands ni de gogos, à cette heure, même les petits durs qui sont arrivés à s'arracher de la cité ont un coup de vague à l'âme devant ce spectacle.

Voilà ce qu'était en train de ruminer le pauvre Andreotti, assez désespéré en voyant jusqu'où ce con de Babinetti avait osé aller. L'Apache était parti tôt le matin, avec sa camionnette. Il était revenu en début d'après-midi avec un colis très encombrant.

— Là, Raoul, tu me les casses ! Mais vraiment, t'as pas idée ! – La sauce tomate lui montait au nez. Même sa tonsure avait viré pivoine. – Tu kidnappes un vétérinaire et tu me l'amènes ici, chez moi ! Tu veux ma peau, c'est ça ?

En effet, sur la chaise en face de lui, un certain docteur Jacques-André Kleincwitz roulait des yeux furibards, à défaut d'autre chose, bâillonné et ligoté qu'il était par les mains expertes de l'Apache. L'homme, avant d'être malmené par Nuage d'Acier, devait avoir la mine élégante, cheveux poivre et sel, artistement bouclés autour des oreilles, costard pied-de-poule, cravate saumon, souliers croco. Mais pour l'heure, il était un peu froissé.

Raoul était assis sur l'autre chaise, le P 38 sur ses genoux. Ils formaient tous trois un triangle tendu, serré, en béton précontraint. Raoul était dedans jusqu'au cou, il le savait bien, et c'est dans ces moments-là qu'il déployait tout son talent, ce savoir-faire, cette intrépidité qui en avait fait l'un des fers de lance de “La Brise de mer”. Les mains jointes, il entreprit d'expliciter posément le fil particulier de sa logique.

— Ecoute-moi bien, Andreotti, mon frère : je pouvais pas me contenter d'embarquer son matos, l'ordinateur et tout le bastringue, parce que je sais pas comment on fait pour lire une puce, tu comprends ? Bon, alors j'ai aussi amené le type. Lui, il va la trouver la puce, il va nous la déchiffrer tranquillement, c'est dans la poche.

Andreotti, dit Roulis, tangua, souleva son fessier conséquent, tourna autour de sa chaise en grinçant des dents.

— Bougre de con, qu'est-ce qu'on va en faire après ? Tu le butes et tu l'enterres dans le jardin ?

Sous le bâillon, le visage de Jacques-André Kleincwitz, vétérinaire de son état – mais qui commençait à le regretter – se crispa, se tordit, passant par toutes les expressions de la prise de conscience aiguë de vivre un cauchemar.

— On va lui filer du pognon et il la fermera. Pas vrai que tu la fermeras ?

“Oui, oui, oui”, signifia la tête bâillonnée du sieur Jacques-André, par le biais d'un pivot vertical et frénétique.

— Ah ouais ? Et qui c'est qui va lui filer le pognon ? Toi ?

— Soit pas mesquin, Roulis, avec ce qu'on va palper on peut l'arroser à l'aise.

— Et si y a rien sur ce compte, couillon, tu vas te palper quoi ?

Un peu agacé, Raoul plissa les yeux.

— Arrête de m'insulter devant monsieur. Si y avait rien, le chien il aurait pas les Russes au cul.

Des Russes ! Le cerveau de Jacques-André Kleincwitz entra en ébullition, poussant les globes oculaires de l'intérieur, ce qui lui donna un regard étrangement exorbité.

— Va chercher le clébard, Roulis, qu'on en finisse !

Dans sa cuisine, maman Andreotti, toute de noir vêtue, était tombée à genoux. Elle ne se mêlait jamais des affaires de l'homme, mais rien ne l'empêchait de prier. Un vétérinaire ligoté dans son salon ! Le temps de la mozzarella était peut-être révolu.

La pinède entourant le cabanon-villa d'Andreotti s'avérait un terrain propice à l'espionnage.

La 106 bleue de Julia était garée à cent mètres de l'entrée, derrière un bouquet de chênes. Plus bas, dans un chemin de traverse, la deudeuche d'Igor s'assoupissait doucement sur son châssis hors d'âge. Sur un sentier plus escarpé, côté est, la moto volée par Khazman Idigov était appuyée contre le tronc d'un pin. Pas très fier d'avoir réquisitionné ce deux-roues, le Tchétchène s'était promis de le restituer après usage.

Tout ce petit monde rôdait donc aux abords du cabanon où se nouait le drame. Le groupe Dachi, Grook, Julia et Casimir se trouvait en première ligne avec, il faut le dire, un certain flou sur la stratégie à adopter. En seconde ligne, Igor et Vassiliev se posaient moins de questions, chacun d'eux étant muni de deux armes à feu dont un pistolet-mitrailleur. Khazman, lui, avait pris soin d'aller crever deux pneus de la deudeuche et se tenait à l'écart. Sitôt que le chien apparaîtrait, il passerait à l'action.

Dachi le sage roula une fine cigarette. Très lentement.

— On fonce ? demanda Grook, dansant d'un pied sur l'autre.

— On rentre avec la bagnole, on défonce la clôture, on joue l'effet surprise ! lâcha l'Oblique d'une voix suraiguë.

— C'est moi qui conduit ! fit Julia.

Dachi soupira.

— S'il vous plaît, du calme. – Il aspira une longue bouffée, la main gauche enfoncée dans la poche de sa gabardine. – Julia, parlez-vous russe ?

Casimir leva vers le sage des yeux éblouis.

— Putain, c'est génial !

— Qu'est-ce qui est génial ? lui demanda Grook sur le ton d'un psychiatre s'adressant à un grand malade.

— Je sais pas, mais… tu vas voir, tu vas voir…

— Non, je ne connais rien au russe, coupa Julia, mais je peux faire semblant. Avec l'atelier théâtre, j'ai déjà pratiqué le grammelot.

— Putain, c'est génial ! C'est quoi le grommela ?

— Arrête, Casimir, tu deviens gonflant !

— Bon. Julia va venir avec moi. Vous, vous allez chercher la 106 et l'approcher du portail, mais surtout, n'entrez pas.

El Ahmed écrasa sa cigarette et s'avança en terrain ennemi, Julia sur ses talons.

Les deux Russes effectuèrent un mouvement tournant. Igor à l'aile droite, Vassiliev côté gauche. Ils avaient repéré les fenêtres propices à l'effraction.

A cheval sur une branche de pin, Idigov les avait tous dans le collimateur. Le Tchétchène prenait toujours de la hauteur.

Dachi toqua.

— Oh, Sainte Bonne Mère ! lâcha maman Andreotti, à genoux dans sa cuisine.

Au bout d'une vilaine corde, Roulis traînait un Hassan déchaîné. La laisse tenue courte, il soulevait le chien par le col, l'étranglant à moitié. Le cabot n'arrivait même pas à aboyer. Jacques-André le bâillonné balançait entre la terreur et la pitié pour la pauvre bête, c'était un de ces vétérinaires qui ont réellement la vocation.

Nuage d'Acier exhibait son P 38, le pointant vers la porte.

— Qu'est-ce qu'on fait ?

— Qu'est-ce qu'on fait, qu'est-ce qu'on fait, singea Andreotti, putain de toi, si c'est les Russes tu vas avoir l'air malin avec ton bilboquet !

Une voix s'éleva derrière la porte.

— Monsieur Andreotti, je suis un ami de Raoul. N'ayez aucune crainte, je viens simplement discuter !

Roulis regarda Raoul qui regarda le chien, sa pétoire, la porte, et finit par dire :

— Putain, qu'est-ce qu'il fait ici, celui-là ? Bon.

Il baissa la tête, tenta de réfléchir, ce dont il n'avait guère l'habitude. Roulis prit les choses en mains.

— Tu l'abats à travers la porte ou tu ouvres, puisqu'on en est là.

Nuage d'Acier choisit la seconde option. Tirer sur un frère de sang, tout de même…

La vie à Frais Vallon avait habitué Dachi le sage à bien des turpitudes. Toutefois, le tableau singulier qui s'offrit à sa vue le plongea soudainement dans une intense introspection d'ordre philosophique.

Face à la Voie définie par Lao Tseu, la théorie du Chaos n'était-elle pas plus en adéquation avec l'expérience sensible ? Après tout, le Maître du Tao n'avait-il pas quitté la Chine à cheval sur un buffle ?

— Mon royaume pour un buffle ! s'exclama Dachi, ce qui eut l'heur d'attendrir le cœur de l'Apache, car dans l'esprit de tout Peau-Rouge, le grain de folie est la manifestation du sacré.

— Bienvenue, mon frère ! ne put s'empêcher de clamer Nuage d'Acier.

— Il nous faut parlementer, rétorqua Dachi.

— Qu'est-ce c'est ce bordel ? beugla Andreotti, nullement au fait des us et coutumes des peuples anciens.

Cette entrée en matière avait créé une diversion tout à fait opportune pour Igor, aile droite, qui avait enjambé la fenêtre de la cuisine et braquait son pétard sur la tempe de maman Andreotti. La pauvre femme fermait les yeux, son âme était déjà au chevet du Tout-Puissant.

De son côté, Jacques-André vacillait sur le fil fragile de l'équilibre mental. C'était un homme méticuleux, dont le rythme de vie ne variait jamais d'un iota, calé dans ses habitudes. S'il nous est permis d'anticiper un peu, signalons qu'après cette journée, à laquelle le docteur Kleincwitz devait survivre, il cessa de négliger ses devoirs religieux et devint, au fil des années, un expert de la Kabbale et autres langages hermétiques.

— Messieurs, lança Dachi, impérial, je vous présente Irina Kristova, attachée à l'ambassade de Russie.

— Das videnia ! fit Julia avec un beau sourire.

— Au nom de son gouvernement, madame Kristova est prête à négocier avec vous la récupération de cette bête dont, j'en suis certain, vous n'ignorez pas l'importance.

— Klebatckiev chiplota kerenski Poutine collimatov roubleski ! enchaîna Julia, au mieux de sa forme.

— Oui, en effet, reprit Dachi. Madame Kristova fait remarquer qu'elle est en droit de réclamer le chien sans contrepartie. Toutefois, une récompense pourrait être envisagée.

Nuage d'Acier plissait les yeux de façon inquiétante.

— Depuis quand tu parles russe, mon frère ? Et cette fille, tu crois que je la reconnais pas ? Elle était avec toi l'autre soir…

— Bien sûr, nous étions chez madame Chamine, correspondante de l'agence Tass, l'organe de presse lié au gouvernement russe, mon frère. Tu as failli provoquer un incident diplomatique, tu sais ! Ecoutez – Dachi tendit les mains vers les deux Corses – vous comprenez bien que cette affaire nous dépasse. J'y ai mis le nez tout à fait par hasard, mais maintenant, il faut limiter la casse.

Roulis ne comprenait rien, et quand il ne comprenait rien, il devenait méchant. Cela se voyait aux vilains plis ornant sa bouche.

— Raoul, tu vois pas qu'ils nous prennent pour des cons !

— Da ! fit Igor, dont le grand corps apparut dans l'encadrement de la porte donnant sur la cuisine.

A partir de là, les choses se précipitèrent.

Igor les braquait avec un pétard si gros que même Nuage d'Acier l'intrépide eut un instant d'hésitation.

Hassan, lui, n'hésita pas. S'arrachant à la poigne d'Andreotti, que la vue du calibre avait quelque peu ramolli, il se jeta toutes dents dehors sur l'assassin de sa mémé bien-aimée. A l'aile gauche, c'est-à-dire à droite en se plaçant du point de vue de Dachi, Vassiliev venait d'exploser une vitre et se ruait dans la chambre à coucher des époux Andreotti.

A l'aile droite, de l'autre côté quoi, Hassan le chien venait de planter ses canines dans la main armée d'Igor. Le Russe avait flanché lui aussi, il n'avait pas eu le réflexe de tirer à temps, n'étant pas certain que le chien mort ait autant de valeur que le chien vivant. Fatale incertitude, car bien que moins puissant qu'un pitbull, le beagle n'en est pas moins pourvu d'un bel assortiment de quenottes.

Igor, donc, hurlait. Jacques-André aussi, malgré le bâillon, ce qui frôlait l'exploit. Vassiliev déboula dans le salon pour battre aussitôt en retraite : planqué derrière le vétérinaire ligoté, l'Apache s'était mis à le canarder sans compter les balles.

Et Idigov ? Assailli par un vague scrupule à l'idée de laisser le sieur El Ahmed et ses naïfs camarades dans la panade, il venait de décider d'intervenir. Il avait quitté sa branche et cavalait vers la fenêtre par laquelle Igor s'était introduit, dans l'espoir de prendre tout le monde à revers.

— Viens Hassan, viens mon chien ! cria Dachi, qui après avoir éjecté Julia d'une violente poussée, tomba à quatre pattes sur le seuil de la porte.

Jacques-André fermait les yeux et priait. Sa chaise avait basculé sur le côté. En effet, fidèle aux vieilles techniques de combat du western, Nuage d'Acier l'avait couché en travers pour s'en faire un bouclier. Pour l'instant, il s'occupait intensément de Vassiliev qui venait d'abandonner l'artillerie classique, optant pour le pistolet-mitrailleur.

Il y eut un instant de grand trouble.

La pétarade décida Hassan à mettre les bouts. Le beagle fit un bond élégant au-dessus de Dachi et s'enfuit vers les bois.

— Hassan, ici ! hurla Dachi en rampant vers la sortie.

— Putain, le chien ! gueula l'Apache.

Andreotti, lui, ne dit rien. A plat ventre sur le carrelage de son salon, les mains sur la tête, il ne voulait plus rien savoir.

Khazman Idigov lança un regard impuissant vers maman Andreotti, ligotée à la poignée de son four, et repassa aussi sec par la fenêtre car il n'était pas assez fou pour traverser le salon. Il coursa le chien.

— Youpi !

Casimir était heureux. Au volant de la 106, il retrouvait les émotions de sa jeunesse, du temps où il était chauffeur dans sa petite bande de braqueurs, avant de se ranger des voitures. Il n'avait pas perdu la main : marche arrière à tout berzingue, enfonçant la clôture par le cul de la bagnole, pendant que Grook, déchaîné lui aussi, tentait de mitrailler la scène avec son instamatic.

Julia, toute meurtrie après s'être étalée sur le gravier, s'engouffra à l'arrière, suivie de près par Dachi.

— Et le chien ? demanda Grook.

— Fermez tout, on fonce !

L'Oblique mit les gaz.

Une balle fit exploser la lunette arrière. Igor déboulait à son tour dans le jardin. Mais la 106 était déjà loin. Le Russe se précipita vers sa deudeuche, tant pis pour Vassiliev, la mission avant tout.

Il démarra et écrasa la pédale d'accélération. La deudeuche aux roues vidées patina dans la garrigue, finit par décoller, flageolant sur ses jantes, avant d'aller emboutir un petit chêne kermès qui avait poussé tout en muscles pour se tailler une place parmi les grands pins.

Dans la maison, Vassiliev était maître de la situation.

Dans la pinède, l'Apache sautait par-dessus les taillis. Son trou dans le mollet, son crâne et sa joue gauche zébrés de stries rouges, l'intrépide n'en avait cure.

— Hassan, ouh ouh ! Hassan, viens toutou, viens ! criait-il.

Dix mètres derrière lui, le Tchétchène battait les bois par acquit de conscience, sans se faire d'illusion : toutou ne viendrait pas. Dans la forêt, toutou était capable de distancer un cheval au galop.

Jacques-André Kleincwitz regardait le sang s'écouler de son bras avec un air émerveillé. Un seul trou ! Une seule balle ! Un miracle ! La douleur passait au second plan devant cet éblouissement : le Ciel l'avait épargné. Convaincu qu'il y avait à cela une obscure signification, Jacques-André ne se contenterait pas d'être le meilleur vétérinaire de la ville, il deviendrait aussi le plus pieux.

Moins profond dans sa pensée, plus prosaïque, Andreotti, à genoux sur son carrelage, prenait lui aussi de fermes résolutions. Ces événements lui laisseraient un souvenir cuisant : allongé sur le ventre au plus fort de l'échauffourée, une balle perdue avait tracé une ligne de sang au verso proéminent de son anatomie. C'est pour cette raison qu'à présent, il se tenait à genoux et non pas assis, sur le carrelage. Désormais, l'avenir était clair : jamais plus il ne s'écarterait de la pizza, même pour un pactole.

Toutefois, il n'en avait pas terminé avec les turbulences du jour. Igor était revenu. Les deux montagnes russes l'observaient de haut en bas. Ils souriaient. Et Roulis sentit que ces sourires n'avaient rien d'amical. Il se fit petit, tout petit, et fut pris d'une brusque envie de mettre son pouce dans la bouche.

Ils n'avaient pas besoin de lui taper dessus pour qu'il avoue tout. Mais tout. Néanmoins, ils tapèrent. Igor avait besoin de passer ses nerfs. Et Vassiliev, titillé par une sourde jalousie, cognait dur lui aussi.

LE MERVEILLEUX CYNIQUE

Roberta Vadim-Angouste n'avait jamais mis les pieds dans un de ces grands ensembles qui préoccupaient tant députés et ministres, la veille d'une échéance électorale. Elle fit sensation en sortant du taxi. Des têtes apparurent aux fenêtres. L'équipe de Hocine tomba en arrêt sur le parking. Pourtant, Roberta avait opté pour une tenue sobre : bottes de cuir croûte de velours, jean battle brun satiné, saharienne havane, foulard en taffetas de soie bois de rose, casquette bouffante de tweed rouille, bref, une mise de circonstance pour aller chercher un animol. Roberta ne disait pas "animal" mais "animol" lorsqu'elle parlait des bêêtes. Elle ôta le mégot de sa Sobranie du bout de son porte-cigarette en argent massif, le laissa tomber (le mégot) et jeta un regard à l'entour en se suçotant la langue. Pas très à l'aise. Sauter dans un jet puis dans un taxi pour aboutir au pays du rap, quelle tête ferait Brigitte B. en apprenant cela ! Fi des imprévus, elle en avait vu d'autres, Roberta, qui ne détestait pas le piment.

Le chauffeur porta les mains à ses joues lorsqu'elle lui demanda de l'attendre. Seul avec sa

Mercedes, dans la jungle, sous les regards goguenards des indigènes… Au moindre pépin, faudrait qu'elle les aligne, les biftons, miss Porte-Cigarette !

En avant, que diable ! Les talons de Roberta claquèrent durement dans l'escalier. Son doigt ganté chercha le bouton d'appel de l'ascenseur. Il y avait un trou à la place. Un trou rectangulaire abritant un nid de serpents rouillés. Que le chien le plus riche du monde puisse vivre dans cet univers était… elle chercha le mot… incongru, oui, pour ne pas dire autre chose.

Sitôt son service terminé, Léda Patipoulos s'était engouffrée dans le métro pour rejoindre son papa. Constatant à son arrivée que le Tchétchène n'était plus là, elle poussa un soupir de soulagement. Toutefois, lorsque papa lui apprit qu'il venait de faire appel à la SPA, son beau front grec s'assombrit et le vieil ébéniste comprit que le temps virait à l'orage.

Mais avant qu'elle ait pu ouvrir la bouche, on toqua à la porte.

Face à face.

La Rouquine. Toute en jean, veste et pantalon. Jolie coupe, mais rien à voir avec le battle et la saharienne havane. Crinière au vent, même par temps calme, regard enflammé et lèvres quelque peu tiraillées de tics devant ce bloc de classe qui embaumait le N°5 de Chanel. De la casquette aux bottes, Léda eut tôt fait d'en évaluer le prix.

La Blonde. Mèches d'or pâle nuancé de reflets mordorés. Ebranlée par six étages gravis en talons aiguilles et par l'aura flamboyante qui vibrait devant elle. Peu de femmes étaient capables de faire vaciller l'assurance de Roberta Vadim-Angouste. Elle eut un imperceptible mouvement du menton et redressa le cou.

— Pour le petit beagol perdu, c'est ici ?

— Le petit bégueule ? fit Léda en haussant un sourcil, la tête légèrement penchée de côté. Qu'est-ce donc qu'un petit bégueule ? Un ami à vous ?

Dans ces cas-là, Roberta prenait ses cliques et ses claques. Le coup du sarcasme, on ne le lui faisait pas.

— Madame, madame, fit alors une voix implorante, ne partez pas, c'est moi qui vous ai appelée. Vous êtes bien de la SPA ? Entrez, je vous en prie – œil noir à l'adresse de Léda – laisse donc passer madame s'il te plaît, ma fille ! Excusez le désordre, madame…

— Vadim-Angouste. Mademoiselle Vadim-Angouste. Tenez, voici ma carte.

— Merci, oui, heu… Ah non ! Ne marchez pas ici, s'il vous plaît, s'il vous plaît !

Patipoulos invitait la jeune femme à contourner le territoire dévolu aux cendres de feu son épouse.

— Ce sont les cendres de ma mère. Elle est restée très présente.

Roberta jeta à la Rousse un regard à la fois acide et effaré. Ce n'était pas facile à combiner, mais Roberta pouvait.

— Vous avez mis tout le staff en alerte, cher monsieur !

— Le staff ? C'est affreux !

— Léda, je t'en prie ! gronda Patipoulos père. Asseyez-vous mada… moiselle Angouste, c'est une affaire très délicate, vous savez, très délicate.

— Vadim-Angouste. Vous avez parlé d'un chien valant une fortune, mais ce n'est qu'un beagol après tout, qu'a-t-il d'extraordinaire ?

— Bravo pour la discrétion, papa !

Adossée au mur, dans un coin de la pièce, les bras croisés, Léda contenait sa furie au bout de son pied droit qui tapotait le sol. Patipoulos dévisageait l'élégante demoiselle qui, pour sa part, commençait à regretter son déplacement.

— Je crois qu'il va falloir que je vous dise tout, murmura-t-il.

— Papa… Un revirement soudain s'opéra dans l'esprit de Léda. Il avait raison ! Il avait bougrement raison ! Mais oui, dis-lui tout papa ! Que la SPA se débrouille avec les Russes, les Tchétchènes, les bégueules et tout le tintouin !

— Non !

Sursaut général.

Le colonel Khazman Idigov venait d'apparaître. Comme un fantôme traverse le mur. Dans son long manteau gris, le cheveu en bataille, il avait quelque chose de Corto Maltese. Roberta trouva cette apparition épouvantablement romantique. Voilà qui donnait à l'affaire une nouvelle tournure.

— Nous disposons de moyens assez conséquents pour retrouver un animol perdu, messieurs, déclara-t-elle en redressant ce cou botticellien qui affolait les photographes.

L'œil sagace de Léda capta l'émoi de la Blonde. Quel cirque ! Mais après tout, n'était-ce pas une opportunité pour se débarrasser des deux gêneurs à la fois... D'un geste gracieux de la main, elle désigna Idigov :

— Le bégueule est à monsieur !

Patipoulos n'en menait pas large.

— Excuse-la, Khazman... marmonna-t-il.

— Voilà un otage dont la valeur est bien supérieure à celle de mon papa, enchaîna la Rousse perfide, l'œil accrochant le Tchétchène tandis que son menton désignait la Roberta.

Le vieil homme cacha son visage dans ses mains. Roberta se sentait dans un état d'inquiétude horriblement excitant. Léda regarda sa montre en se demandant combien de temps il faudrait encore pour convaincre les deux oiseaux de vider les lieux.

De son côté, le colonel Idigov réfléchissait à grande vitesse. Il était revenu parce qu'il avait jugé stupide de poursuivre le chien dans une ville inconnue, en courant le risque de tomber sur la police qui devait être en alerte depuis l'intervention musclée des Russes. Fidèle à sa tactique, il avait opté pour une position de repli. En outre, il se disait qu'Hassan finirait bien par retrouver le chemin de sa niche. Il suffisait d'attendre. Mais la Blonde venait de dire qu'elle disposait de certains moyens pour récupérer l'animol, et lui, il était pressé. La question méritait d'être étudiée.

— Qu'est-ce que c'est, SPA ? s'enquit-il.

Quel délicieux accent ! songea Roberta, avant de répondre :

— La Société protectrice des animols, cher monsieur. Quand un chien est perdu, notre organisation se charge de le retrouver, de le rendre à son maître ou, le cas échéant, de lui en trouver un. Nous les nourrissons, nous les vaccinons, nous…

— Et lorsque la fourrière ramasse un chien errant, il va à la SPA, précisa Léda, vous voyez ce que je veux dire ?

Idigov voyait. Il ne savait pas exactement ce que c'était qu'une fourrière, mais il le devinait. Sous son regard incisif, la Blonde se mit à battre des cils. Tactique alliance ?

— Vous, chef de SPA ? fit-il avec un sourire charmeur.

Roberta eut un petit rire gêné.

— En quelque sorte, si vous voulez !

Toutefois, bien que sa lucidité fût légèrement émoussée, l'égérie de la SPA tint à rappeler les règles du jeu.

— Ce chien a-t-il des papiers ? Est-il tatoué, a-t-il une puce ? – Tilt ! L'œil du Tchétchène se ferma à demi. – Je suis certaine que oui, puisqu'il paraît qu'il a un pedigree exceptionnel… reprit-elle.

— Expliquez-lui donc, monsieur Idigov, fit la Rousse, en détachant bien les syllabes.

Roberta Vadim-Angouste crut-elle réellement qu'un beagol nommé Hassan avait été choisi pour symboliser la Résistance tchétchène ? Que son image flottait fièrement sur le drapeau des combattants repliés dans les montagnes du Caucase ? Qu'elle servirait une juste cause en aidant le colonel Idigov, et que de papiers, point il n'y avait, car la situation était délicate, extrêmement délicate.

Le fait est qu'elle ne se posa plus de questions. Ce qui n'était pas à mettre sur le compte de son ignorance en matière de géographie ou de géopolitique. Non. C'est un frémissement quasi incontrôlable qui rendit cette femme de tête assez inconséquente pour emmener un Tchétchène inconnu et armé dans son taxi, et partir avec lui, seule, avec pour toute défense un téléphone mobile qui chantait *Agua de beber* et une audace désinvolte. Brigitte B. en serait verte de jalousie.

*

Casimir arrêta la 106 au bas de l'avenue Beau-Pin.

Ils étaient tous les quatre assez secoués. Grook tira une flasque de whisky de sa poche-revolver et la tendit à Julia. La jeune femme en vida un tiers, l'Oblique s'octroya la moitié des deux autres tiers. Lorsqu'il récupéra la flasque, le journaliste grogna :

— Casimir, redémarre et pose-moi au premier bistrot !

— Moi, je descends ici, fit Dachi en roulant une cigarette.

— En pleine cambrousse ? s'étonna l'Oblique.

— Je vais marcher un peu. Je tomberai peut-être sur lui.

— Dachi, fit Julia en posant la main sur son bras, il vaut peut-être mieux éviter de se séparer ?

— Non, répondit le sage en se dégageant avec douceur. Il faut que vous alliez vous reposer. Et puis, j'ai besoin de réfléchir.

Il ouvrit la portière.

— Julia, t'as ton portable ? demanda Grook.

— Ah, ben oui… – Elle fouilla dans son petit sac. – Tiens !

— Je ne sais pas me servir de ce genre d'appareil, fit El Ahmed en haussant les épaules.

Julia lui en expliqua le maniement et Dachi le glissa dans sa poche.

— Prends ça ! fit Grook en lui tendant un bout de papier sur lequel il avait griffonné ses coordonnées. Vaut mieux que tu dormes chez moi ce soir, parce que les Russes… Il agita la main.

Dachi hocha la tête.

— A plus tard !

Par une belle fin d'après-midi automnale, Hassan le chien courait. Il ne courait pas parce qu'il avait peur – des mitraillades, tirs de roquettes et autres mortiers, il en avait pris l'habitude dans sa folle jeunesse – mais parce qu'il aimait ça. Il courait parce que cela faisait très longtemps qu'on l'entravait. Trop. Il avait grandi dans les hautes collines, dormi dans le froid des bivouacs, mené la troupe sur des pics inaccessibles à l'artillerie lourde des Russes. Mais depuis que son maître l'avait laissé en garde chez Mémé, l'espace lui manquait. Certes, Mémé le nourrissait bien, le cajolait souvent, mais les courtes promenades sur le bitume du parking, où il n'y avait aucun lapin à courser, ce n'était pas une vie pour un beagle.

Son équipée dura un peu plus d'une heure, au cours de laquelle il faillit passer sous un camion et renverser un cycliste. La grande liberté était cernée de maisons, de routes, de clôtures, de gens tenant leurs chiens en laisse, bref, l'euphorie d'Hassan n'eut qu'un temps. Il n'avait plus de maître. Il n'avait rien à manger. Il n'était pas vraiment fatigué, mais sa truffe humait l'air en quête de repères. Derrière lui : les bois. Devant : la ville. Il fallait faire un choix. Les beagles n'étaient pas très doués pour ça. Ils préféraient courir. Il y avait quelques odeurs de lapin dans les bois, mais c'est du côté ville, il le sentait, que se trouvait la niche.

Il s'engagea au petit trot dans la zone urbaine.

Les gens s'arrêtaient sur son passage. Une vieille dame l'appela. Un enfant voulut le caresser. Un connaisseur lui demanda : “Alors toutou, on a perdu sa meute ?” Hassan le chien tchétchène se méfiait des inconnus. Il avait été à bonne école.

A environ trois kilomètres plus au sud, marchait le sage El Ahmed.

Regarde les méfaits de cette voûte céleste

Et vois ce monde vide… puisque les amis sont partis

Autant que tu le peux, vis un moment pour toi-même…

Juste un peu de vent et un air dans la tête. Khayyâm chantant dans le désert. Qu'importe si le désert a la couleur du bitume, et le vent, le parfum du gasoil. Les pensées de Dachi se débrident. Un sage à la poursuite d'un chien errant, quel joli conte à la Nasr Eddin Hodja ! Dachi chasse de son esprit toute inquiétude, reprend mentalement son bâton de pèlerin du monde, rien n'a de sens.

La ville s'élève comme un frisbee dans le soleil couchant, un dessin de science-fiction, un bout d'univers perdu dans l'univers, les humains posés sur ce plateau n'ont conscience de rien, ils tournent comme des automates sur un manège musical, préoccupés par des choses infimes, et Dachi marche, funambule, entre le haut et le bas, avec l'espoir de croiser un chien d'or. Le chien, lui, s'en fout de l'or, de la sérénité, s'en tenant au seul bonheur de vivre. Il devient immense, le sage canin, idéal, une constellation brillant de tous ses feux, loin au-dessus des cités, loin des marionnettes et des misères qu'elles se fabriquent, un paradis enfantin, étincelant dans les yeux des innocents. La terre promise, le nirvana, à portée de pattes pour un simple animal. La cité tourne dans son cosmos ; très loin, le chien étoilé sourit. *Vous êtes trop vieux pour m'atteindre, ou trop inexpérimentés, à vous de voir…*

Les humains ne prennent pas au sérieux cette histoire de chien. Même du temps de Diogène, ils persistaient à penser qu'ils étaient, eux, la mesure de toute chose, et lançaient des pierres au vieux Cynique. Dachi se surprend à envier le beagle porteur de fortune. Est-il gravé dans la silicone, ce trésor, ou caché dans son cœur ?

Hassan, je t'adopterais bien, songea-t-il, tu parles mieux qu'un livre.

Igor et Vassiliev, eux, étaient beaucoup plus près du sol. Andreotti avait mangé le morceau et leur intérêt se portait à présent vers monsieur Jacques-André Kleincwitz, vétérinaire de son état.

Aussitôt débâillonné, celui-ci réclama d'urgence un médecin. Niet. Pas encore.

— Mais je perds mon sang !

— Fais-lui un bandage ! ordonna Igor, en russe, à son acolyte.

Et pendant que Vassiliev nettoyait sans ménagement la blessure du vétérinaire, Igor se mit à l'interroger.

— Alors, toi spécialiste du chien ?

— Aïe ! Oui !

— Où il va maintenant ?

— Qui ?

— Le chien ! gronda Igor en agitant son pétard sous le nez de Jacques-André.

— Mais j'en sais rien moi, il va… il rentre chez lui, c'est comme ça les chiens, ils rentrent chez eux, moi aussi j'aimerais bien rentrer chez moi !

— Da ! On va te rentrer. Mais tu dois nous dire comment on déchiffre la puce.

Malgré sa souffrance, Jacques-André prit le temps de la réflexion. Le lecteur de puce, il était là, à portée de main, le Corse fou avait tout embarqué dans la fourgonnette dont il s'était servi pour le kidnapper. Mais il ne voulait pas le leur donner. Ça coûtait cher, ces babioles-là.

— Il faut un matériel particulier, répondit-il, je n'ai pas ça ici…

— C'est pas vrai ! coupa Andreotti qui était en train de se tamponner le fessier et n'avait qu'une hâte, voir ces salopards quitter son cabanon. Tout son matos est dans la Citroën. Z'avez qu'à vous servir !

— Ah ah ! fit Igor en flanquant un petit coup du canon de son arme sur la tête de Jacques-André. Mais nous, on sait pas faire ! Tu vas nous accompagner !

— Oh merde ! Non, non ! Je vais vous donner le lecteur, je vous expliquerai comment ça marche, c'est facile, très facile ! Je vous en fais cadeau, mais après, foutez-moi la paix !

Quelques minutes plus tard, Igor prenait le volant d'une fourgonnette Citroën sur les portières de laquelle on lisait *Chez Roulis, la pizza comme avant* en lettres sang et or. Avec, à l'arrière, un vétérinaire blessé, attaché et nanti de tout son attirail informatique. Ils le déposèrent près de chez lui, après lui avoir fait comprendre qu'ayant mis le nez dans une affaire de terrorisme international, il avait tout intérêt à rester discret, sinon rien ne pourrait le protéger. Jacques-André jura sur la Bible. Et il devait tenir parole. Après quoi, les deux Russes prirent le chemin de Frais Vallon. Le spécialiste avait dit que le chien finirait par rentrer chez lui. Igor respectait l'avis des spécialistes. Et cette fois-ci, personne ne se mettrait en travers de son chemin.

De son côté, Raoul Babinetti, alias Nuage d'Acier, chevauchait une motobécane empruntée à son frère corse. Il avait assisté à l'interrogatoire, accroupi derrière la fenêtre. Aussi fonçait-il tête baissée et sans casque vers son tipi. Il n'y avait plus de balles dans son P 38. Fallait qu'il récupère son arc et ses flèches en vitesse.

L'ASPIRATEUR INTRÉPIDE

Pépé Patipoulos avait le blues. Plus de Tchétchène, plus de chien, plus de Dachi. Même la SPA lui avait tourné le dos. Léda, elle, était plutôt fière du résultat. Elle s'affairait dans la cuisine. Préparait un petit repas pour son petit papa. Qu'est-ce qu'elle lui avait mis dans la gueule, à la bourgeoise blonde ! Dans la bégueule, ah ! Elle se marrait toute seule en jetant une poignée de sel dans la casserole. Et maintenant, elle va promener son Tchétchène ! Elle éclata de rire.

— Toi, ça te fait rire ! lança le vieil ébéniste amer, du fond du salon.

— Tout s'arrange, papa ! Il va mener la grande vie, ton copain Idigov, ça te fait pas plaisir ?

Elle apparut sur le seuil du salon, un engin diabolique entre les mains.

— Papa, faudrait régler une fois pour toutes ce problème – elle désignait le sol. Pendant que les pâtes cuisent, laisse-moi nettoyer.

— Quoi ! Passer ta mère à l'aspirateur ? Pas question !

— Ecoute-moi, je t'en prie : j'ai pris un sac tout neuf, j'aspire, je vide le sac soigneusement dans l'urne, enfin quoi, maman elle-même ne supporterait pas ce b… cette pagaille !

Pépé Patipoulos se dressa comme un ressort.

— Y a donc rien de sacré pour toi ?

— Mais enfin, papa, regarde ! Même les Russes ont marché dedans !

— Oh ! Léda, Léda !… mugit le papa en levant le poing.

C'est à cet instant qu'entrèrent en scène Igor et Vassiliev. Les Russes, précisément, qui venaient traquer le clébard. La vue du poing levé les incita derechef à se mettre au garde-à-vous. Un vieux réflexe de la grande époque. Celle d'avant Gorbatchev.

— Les *assassins* ! s'écria aussitôt le vieil homme.

Alors, dans l'esprit de la Rousse flamboyante éclata l'ire divine, la colère sacrée qui, jadis, déchaînait les Erinyes et les amenait à déchiqueter les mâles offerts en pâture. Les *assassins* ? Ces serpents qui s'amusaient à cabosser papa Patipoulos !

Son pied appuya sur le contacteur. Pourquoi mit-elle l'appareil en marche ? Cela restera un mystère. Le moteur vrombit, simultanément elle chargea, le balai métallique de l'aspirateur en avant. Les roues du véhicule mangeur de poussière patinèrent un peu dans la cendre maternelle, puis l'engin suivit sa maîtresse, l'appuyant dans son téméraire assaut, cependant qu'à l'arrière se déroulait le câble d'alimentation.

Vassiliev était rapide. Plus rapide qu'Igor, en fait. Il avait déjà le calibre à la main lorsqu'il se mangea le balai métallique. Sa tête alla percuter le chambranle de la porte. Groggy.

Igor décocha une droite, sa grosse chevalière en or déchira l'oreille de la Rousse, mais la Furie lui flanqua dans le nez la partie gauche du manche, celle qui était reliée à la gaine. Tiré violemment par le haut, le corps principal de l'engin, avec son moteur en marche et ses petites roulettes, sauta courageusement dans les jambes de l'officier russe.

Devant la folle intrépidité de sa fille adorée, prunelle de ses yeux, Pépé Patipoulos saisit l'urne par le col en hurlant "Pardon maman !" et se précipita sur le Russe pour finir le travail. Il glissa sur la gaine et s'étala, dents en avant, sur le genou d'Igor. Mordu à la main par un beagle et au genou par un ébéniste retraité, le nez brisé par le manche d'un aspirateur, l'officier regretta, l'espace d'un instant, les montagnes de Tchétchénie où l'ennemi, somme toute, n'employait pas des méthodes aussi perverses.

Mais Vassiliev avait récupéré.

La deuxième partie du combat aurait pu très mal tourner côté grec, si une flèche providentielle ne s'était plantée, à ce moment précis, sous l'omoplate droite de Vassiliev. Aussi prompt que Géronimo, Nuage d'Acier bandait à nouveau son arc. Une pointe glacée frôla la nuque d'Igor.

— Arrête tout, fumier, ou je te troue la carcasse !

Léda tenait son manche en tremblant.

Pépé essuyait ses lèvres maculées de cendres.

Vassiliev, à genoux, bredouilla : "La falope !" La Rousse lui avait déchaussé une incisive.

Igor balançait entre une retraite stratégique et une attaque fulgurante. L'Apache pressentit le danger.

— Vas-y, fais-moi plaisir, bouge connard, et je fais un carton !

Devant tant de détermination, Igor opta pour la retraite. La rage au cœur, jurant de se venger, il emporta son blessé.

Raoul Babinetti était arrivé bien avant les Russes à Frais Vallon. Il est, en effet, beaucoup plus facile de traverser Marseille à motocyclette qu'en fourgonnette-pizza. Surtout en fin de journée, heure de pointe s'il en est. Il avait donc eu tout le temps de regagner son tipi, de fourrer son matériel d'Apache dans son grand sac marin, puis de se rendre benoîtement jusqu'à l'appartement de Mémé Oumaraq où il comptait camper en attendant le beagle. Car lui aussi respectait l'avis des spécialistes. Son sang d'indien corse n'avait fait qu'un tour en voyant les Patipoulos aux prises avec les Russes qui l'avaient canardé chez Andreotti. Nuage d'Acier n'avait peur de rien, et malgré ses travers, c'était une âme noble. S'il n'avait pas eu l'arc, c'est à mains nues qu'il aurait attaqué, pour défendre le veuf et l'orpheline.

Léda, frissonnant de la tête aux pieds, appuya sur le contacteur du courageux aspirateur, et se laissa doucement glisser le long du mur. Patipoulos avança à quatre pattes jusqu'à elle et la prit dans ses bras.

— Vous avez du café ? demanda timidement Raoul.

— Sers-toi, mon garçon, répondit le vieil homme.

*

Vénus brillait au-dessus des toits.

Hassan flairait le bitume.

Boulevard du Sablier, Dachi ajusta son col. Il commençait à avoir froid. Il roula une énième cigarette.

Après avoir été chaleureusement remercié, Nuage d'Acier prit congé. Les Patipoulos avaient besoin de silence et de repos. Raoul s'introduisit chez Mémé Oumaraq, laissa tomber son barda et s'écroula dans un fauteuil.

Igor et Vassiliev s'apprêtaient à passer la nuit à l'arrière de la fourgonnette, calés entre l'ordinateur du vétérinaire et une pile de cartons à pizzas, l'arme au poing au cas où les forces du Mal viendraient à rôder autour de la Citroën. L'officier, qui avait une longue pratique des premiers secours à porter aux blessés de guerre, avait arraché la flèche qui, par bonheur, ne portait pas de barbillons, et bandé serré le torse de son équipier. La rude main de son chef sur sa poitrine mit Vassiliev en émoi. Le Russe, dopé par cette virile amitié, se retint de gémir jusqu'à la fin de l'opération. Pour sa part, Igor avait de la gaze autour du poignet droit, du genou droit, et du sang coagulé au bord des narines.

Armés jusqu'aux incisives, ils formaient un tableau effrayant ; ils étaient plus dangereux que jamais.

Tout étourdie par le parfum de l'aventure, Roberta téléphona à son amie Mylène, qui possédait un yacht ancré dans le Vieux Port. Près d'elle, sur la banquette arrière du taxi, Idigov fumait une Sobranie. Silencieux. Le regard perdu au loin. Insensible à sa présence. Délicieusement insensible, délicieusement mystérieux. Le colonel trouvait ce tabac trop capiteux. C'était donc ça, l'Occident… Les gens marchaient tranquillement dans les rues, roulaient dans des autos rutilantes, les enseignes des magasins brillaient jusque dans la nuit. Depuis combien de temps ne connaissaient-ils plus la guerre, la faim et la peur ? Ils étaient nés au bon endroit. Le savaient-ils ? C'était pour que les enfants de son pays puissent bénéficier des mêmes chances, qu'il se battait. La paix dorée que l'Occident gardait jalousement… Fausse prospérité d'ailleurs, le bref aperçu qu'il avait eu de la France avait suffi à l'en convaincre. Brocard d'or mangé aux mites, cerné de bouches affamées. Mais aux yeux d'un homme qui avait vu les siens se faire massacrer pour assouvir le plaisir des soudards, cet univers bancal avait des reflets de paradis. Un jour viendrait, oui… mais avant cela, beaucoup y laisseraient leur peau. Lui aussi.

Il aspira une longue goulée, ouvrit la fenêtre et balança le mégot dans la nuit. Roberta lui tendit un boîtier d'or contenant de longs cylindres noirs à bout d'argent. Ses doigts légers entrouvrirent la boîte. Idigov déclina l'offre, croisa les bras sur sa poitrine et ferma les yeux. Il avait tellement besoin de repos.

Roberta emmenait son Tchétchène sur le yacht. Il n'y avait personne à bord, hormis un matelot de quart qu'elle comptait bien congédier pour la soirée. Elle avait communiqué son numéro de téléphone aux services de la fourrière, à la SPA et même à la police. C'était quelqu'un, Roberta Vadim-Angouste. Les flics n'avaient même pas osé ricaner lorsqu'elle les avait informés qu'elle recherchait un petit beagol perdu dans la ville. Un amouour de petit beagol.

Le colonel jouait cette carte-là. Il estimait que dans l'immédiat, la Blonde était la mieux placée pour retrouver Hassan. Il se doutait que le chien finirait par retrouver le chemin de Frais Vallon. Mais combien de temps lui faudrait-il ? Quelques heures ? Quelques jours ? Il avait l'intention de retourner chez Patipoulos très tôt dans la matinée. Il fallait en finir le plus vite possible. Sa place n'était pas ici.

Il y avait de drôles d'odeurs. Effrayantes. Excitantes. Quelque chose de totalement nouveau pour lui. Hassan traversa le parc Borély, la truffe en l'air. Il croisa un petit caniche qui portait un collier doré et avait les larmes aux yeux. Puis un gros bâtard noir, patibulaire, dont il s'éloigna très vite. Les odeurs devenaient puissantes, entêtantes. Hassan en avait les poils du dos hérissés. Cela l'attirait irrésistiblement, d'autant qu'à ces effluves se mêlaient celle, plus alléchante, de la viande crue. Il remonta vers le nord du parc et tomba sur un cercle de roulottes. Il se glissa sous l'une de ces maisons mobiles, ventre à terre, et huma… Ça venait d'ici ! Un sourd rugissement le fit frémir de la truffe à la queue. Il y avait une bête là-dedans ! Une grosse bête ! Plusieurs grosses bêtes ! Des cages recouvertes par des bâches. Un grand chapiteau au milieu des roulottes. Il explora ce territoire, le museau fouillant le sol en quête de quelque chose à se mettre sous la dent. Ça feulait, ça grondait, ça s'agitait sur son passage. Un animal à la grande crinière, attaché à un piquet, frappa du sabot sur le sol à son approche. Hassan contourna la zone dangereuse et finit par dénicher un trognon de pomme. Il le lécha, puis se décida à le croquer, en désespoir de cause. Un concert de cris éclata au-dessus de lui. Un humain bizarre, couvert de poils, secouait comme un fou les barreaux de sa cage.

La queue dressée, Hassan se mit à aboyer. La chose velue, déchaînée, lui lança une peau de banane. Tous les animaux de la ménagerie s'y mirent, des fenêtres s'éclairèrent, des hommes rouspétaient.

Puis tout à coup, l'être poilu fut sur lui !

Il y eut une brève échauffourée, mais le beagle affamé eut rapidement le dessus. Le singe battit en retraite et escalada la Mercedes du patron.

— Qu'est-ce qui se passe ? gronda ce dernier en sortant de sa roulotte, les poings calés sur la bouée qui renflait sa veste de pyjama.

— Y a un chien !

— Le chimpanzé ! Y s'est barré !

— Hubert ! Hubert ! Reviens ! s'écria Giulietta Pancrazi, jeune et jolie dresseuse de singes emmitouflée dans sa robe de chambre.

Mais Hubert le chimpanzé avait mis les bouts, coursé par un beagle qui venait de retrouver ses instincts ancestraux.

Dachi marchait dans un demi-rêve. La fatigue, les émotions de cette rude journée, l'avaient plongé dans un état particulier. Ses pas l'amenèrent jusqu'à l'avenue de Mazargues. Il s'arrêta devant une vitrine et observa son reflet. Le chien perdu, c'est moi, se dit-il, en écrasant sa cigarette. Il se souvint de s'être vu dans une vitre, de la même façon, à Tibérias en Israël, un jour d'août. Le soleil tapait si fort que sa silhouette montait en sinuosités, comme une vapeur. Il s'était posé la même question qu'aujourd'hui : “Qu'est-ce que je fais ici ?” Avec la sensation de vivre un reflet de sa vie. Quelque chose lui échappait, sur la route qu'il suivait depuis la mort de sa mère. Un manque qu'il n'était jamais parvenu à définir et qu'il avait, depuis quelques années, renoncé à combler. L'espace d'un moment, il se prit à douter de Khayyâm. *Qui donc bois du vin, si ce n'est le sage…*

Le détachement, oui, il avait fait sienne cette attitude qu'accompagne une vague amertume. La solitude peut-être. Le pendant de la sagesse. Quand on ne veut ni manger les loups ni se faire manger par eux, il est difficile de ne pas se manger soi-même. *La sagesse n'est pas de briller comme un jade, mais d'être éparpillé comme les cailloux*… écrivit Lao Tseu avant de partir vers l'Ouest en chevauchant son buffle. Eparpillé, il l'était. Sa silhouette grise se fondait dans les reflets des murs, des bagnoles aux éclats fugitifs, des passants et, tout là-haut, des nuages noirs effilochés. Il leva un bras pour tenir une lanterne imaginaire. "Frère Diogène, moi je ne cherche pas un homme, je cherche un chien, un chien dans la ville…"

Un passant lui lança un regard goguenard. Sans plus. Les fêlés ne manquaient pas dans les rues.

"Bas les masques ! murmura-t-il à l'adresse de son reflet. Tu es aussi fou que les autres, et tu le sais depuis longtemps."

Remettant la main dans sa poche, il sentit sous ses doigts le téléphone portable que lui avait confié Julia. Petite balise dans un océan noir. Objet qu'une femme lui avait donné pour qu'il garde le lien… Chose précieuse.

Parfois, Dachi se sentait si léger qu'un seul souffle de vent aurait suffi pour le balayer. Il ne mourrait pas, il disparaîtrait, simplement, il se disperserait, se diluerait, comme un souvenir.

Il marcha longtemps. Et la ville, comme le souvenir, perdit tout repère familier, devenant une parmi tant d'autres, concrétion d'êtres portant sa tristesse infinie, et de minuscules balises d'espoir.

*

Petit souper aux chandelles pour un Tchétchène. Grande cabine, moquette, bois précieux… Le colonel Khazman Idigov, ancien charpentier devenu chef de guerre, se demanda s'il n'avait pas changé de planète. Roberta avait déniché un bloc de foie gras, du saumon sauvage agrémenté d'une farandole de petits légumes, et une bouteille de champagne. Elle avait fait un brin de toilette et ses lèvres rose d'or brillaient à la lueur des flammes. Tout en mangeant, Khazman Idigov cherchait à se rappeler depuis combien de temps il n'avait plus touché une femme. Il s'en souviendrait, de son voyage en France !

— Alors comme ça, vous êtes colonel ! Dans quelle armée ? Ce doit être passionnant. Mon père aussi était officier, vous savez !

De temps à autre, il lui adressait un sourire un peu creux, exagérant sa méconnaissance de la langue, car même s'il désirait cette femme, il n'avait aucune envie d'entretenir la conversation.

Roberta était intimidée. Elle aurait bien aimé que son soldat prit une douche et qu'il se rasât, mais… bon, tant pis ! Quitte à passer une nuit de folie, elle ferait fi de ses inhibitions. Elle admirait ses grandes mains qu'elle devinait dures et fortes.

Elle aimait les sillons marquant ses joues. Elle aimait sa voix profonde, son accent tantôt rocailleux, tantôt lisse comme le vent.

Ses doigts glissèrent sur la nappe, touchèrent le bout des doigts de l'homme. Idigov plongea son regard dans le sien. Il se leva. Il ne la prit pas dans ses bras, il l'empoigna, littéralement, nom d'un chien !

La moquette était épaisse, le bateau tanguait doucement, mais Roberta et son colonel essuyèrent un fameux grain.

LE *LAMBRUSCO DI* MEDOLA

Il n'était pas loin de minuit lorsque Dachi toqua à la porte de Grook. La créature qui lui ouvrit semblait sortir d'hibernation. Ses paupières et ses lèvres, engluées par une pâte vraisemblablement conçue à base d'alcool, avaient du mal à regagner un semblant de mobilité. Elle avait dormi habillée. Chemise et pantalons froissés. La gueule aussi.

— Ah… c'est toi ! clapota-t-elle. La créature. S'ébroua, bâilla et ajouta, les yeux mi-clos : Oh Casimir, lève-toi ! Viens dormir avec moi, Dachi prendra ton lit.

L'Oblique, assez froissé lui aussi, s'arracha à la banquette du salon et se dirigea comme un somnambule jusqu'à l'alcôve abritant le lit à deux places. Grook le suivit et disparut dans la zone obscure en grasseyant :

— Allez, bonne nuit !

Dachi trouva la banquette à tâtons, puis se déshabilla, posa ses vêtements pliés sur le dossier d'une chaise, et se coucha. Au bout d'un moment, il se redressa. Le sommeil le fuyait. Et il avait faim. Peut-être y aurait-il un quignon de pain traînant dans la cuisine…

La petite fenêtre n'ayant pas de volet, les lumières de la rue éclairaient le coin où se trouvaient l'évier, la cuisinière et le plan de travail. Sur une planche d'olivier gisaient un saucisson méchamment entamé et le souvenir d'une baguette. Dachi s'empara d'un couteau à lame large et se mit à tailler des tranches aussi fines que le papier de ses cigarettes.

— Putain ! Y a quelqu'un dans la maison !

Casimir s'était dressé comme un ressort.

— Evidemment y a quelqu'un, crétin ! mâchouilla la créature, le nez dans son oreiller.

Le petit bonhomme émergea de l'alcôve noire, les quinquets bien ouverts à présent.

— Ah, c'est toi, Dachi ! T'as faim, hein ? Bé moi aussi !

Il alluma le néon au-dessus de l'évier.

— Tu vas réveiller Grook, fit remarquer Dachi.

— Tu parles, quand y roupille, lui, ça risque rien. Qu'est-ce tu manges ? Oh là, c'est pas bon ça, attends, tu vas voir !

L'Oblique se mit à trifouiller dans les placards muraux. Il dénicha un paquet de pâtes, de la sauce tomate en boîte et un gros morceau de parmesan enveloppé dans de la toile de lin.

— Tu vas voir ! répéta-t-il, la mine réjouie. Tu sais, avant, Grook c'était le champion de la bolognese. Maintenant il bouffe des sauces en boîte ! Mais tu vas voir, on va se l'améliorer ! Té, passe-moi les oignons et l'ail ! Y sont sous l'évier.

Le cheveu en bataille, Casimir commença à couper les oignons comme un professionnel. Il chantonnait en larmoyant.

— Prends la poêle, allez, et l'huile – d'olive hein, bien sûr ! De toute façon, y en a pas d'autre ici. Bon, je coupe fin, et puis allez, au feu !

Lorsque le parfum de l'oignon blondissant dans la poêle chatouilla sa narine, Grook sortit de son coma.

— Qu'est-ce c'est ce cirque ?

— On se fait un petit plaisir. On n'a pas le droit ?

— A une heure du matin ?

— Tu vois Dachi, les oignons quand ils roussissent, ils aiment bien l'eau… – Casimir jeta un demi-verre d'eau dans la poêle qui se mit à crépiter joyeusement. – Hé, ça sent bon, hein ?

— N'oublie pas la muscade, fit Grook en retroussant ses manches de chemise.

Dachi passa à l'action. Assiettes, fourchettes, bientôt la table fut dressée. Casimir s'occupait de la sauce, Grook des pâtes qu'il goûtait à intervalles réguliers. La cuisson terminée, il les égoutta soigneusement avant de les transvaser dans un plat blanc. Casimir les nappa de sauce.

— Ah, les jolies montagnes blanches, avec leur végétation rouge et leur neige parfumée ! fit Grook, lyrique, en râpant le fromage.

Ils en salivaient tous les trois.

— Ce parmesan… une merveille ! Il vient de Palagano, du pays de ma mère…

— Comment ? Tu disais que ta mère était de Medola !

— Casimir, je te l'ai dit : Medola, c'est trois maisons ! La coopérative fromagère se trouve dans le village d'à côté.

— Vous êtes né en Italie ? demanda Dachi.

— Dis-moi “tu”, putain ! Non, je suis né ici, mais je suis fabriqué en parmesan, en châtaignes…

— Ouais, c’est aussi la spécialité du cochon, là-bas ! glissa l’Oblique en ricanant.

Mais Grook était lancé.

— Il y a un grand chêne là-bas, la *quercia*, près de la maison où est mort mon grand-père. C’est le plus vieil arbre du pays. Et puis il y a des ruches, si tu goûtais ce miel ! Et le *lambrusco*, il vient de là, aussi ! Tu sais, quand il est pas encore vraiment pétillant, brut, avec son goût de raisin acidulé…

— Tè vé, ça c’est du Vacqueyras, il est pas mal non plus ! fit Casimir qui venait de déboucher une bouteille. Moi, mon père y venait du Vaucluse. Un paysan sans terre. Il a débarqué à Marseille pour faire le docker. Finalement, il a trouvé une place à la cimenterie. Putain, il en a bavé !

— Ma mère, à douze ans elle faisait des ménages ! Elle avait passé la frontière dans le ventre de sa mère… Ils ont quitté le pays du parmesan pour quoi faire, on se demande…

— Ils ont fait comme mon père, couillon, ils cherchaient du boulot, pas la richesse.

Grook posa la main sur le cou de l’Oblique.

— Je t’y emmènerai un jour, à Medola, on ira à pied.

— A pied ? T’es fada !

— Oui, à pied, avec un baluchon, et on reviendra pas. On fera du miel, on boira du *lambrusco*, et on se couchera sous la *quercia* pour regarder le ciel à travers les feuillages…

Avec ses treize degrés, le Vacqueyras commençait à faire son petit effet. Grook passait les Alpes et s'engageait dans la plaine du Pô, Casimir baignait dans le *lambrusco* et Dachi marchait, lui aussi, par-dessus l'Italie rêvée du journaliste, pour aller plus loin, dans ces pays de l'imaginaire où la guerre et le malheur n'existent plus.

UN SINGE EN HIVER

Au petit matin, le singe était sur un platane.

Et le chien, les pattes avant appuyées sur le tronc dudit platane, en train d'aboyer tout ce qu'il savait.

Nuit de folie, de traque joyeuse, car Hubert le chimpanzé n'avait pas détesté cette course effrénée à travers une contrée nouvelle. Parfois, il se laissait rattraper, assénait un coup de poing sur le nez du clébard et sautait sur le capot d'une voiture, avant de repartir vers l'inconnu. Hubert savait mener un vélo, marcher sur un ballon, fumer des cigarettes, danser en tutu, il avait tenté vainement de monter à cheval sur le beagle, ce qui lui avait valu une morsure à la cuisse. Morsure légère car Hassan, à présent, jouait aussi. Hubert avait enfilé un vieux slip décroché du balconnet d'un appartement, après une petite escalade. Puis il avait rejoint son pote canin et repris sa course, jusqu'à ce platane séculaire. A présent le beagle, en vrai chien de meute, faisait consciencieusement son boulot, c'est-à-dire qu'il ameutait tout le voisinage pour signaler que le gibier était acculé. Le voisinage, en l'occurrence, consistait en de rares passants matinaux qui flânaient dans le parc Chanot, sous ce soleil printanier qui, à Marseille, pointe parfois un rayon au cœur de l'hiver.

Hassan était heureux. Il avait une faim de loup, mais cette nuit de liberté l'avait porté au comble de l'euphorie. Il essaya de grimper à l'arbre. Un bond, deux bonds, il retombait sur ses pattes courtes et musclées.

Un cercle se fit autour du platane.

— Oh ! Regardez là-haut ! Y a un singe en culotte ! fit une mémé.

— Un singe en hiver ! lança un ancien de la marine marchande qui adorait Belmondo.

— Qu'est-ce qu'il fait ? Regarde, mon chéri, il mange les boules du platane ! s'exclama une jeune maman. Elle avait pris son mioche dans les bras pour lui montrer le primate qui se balançait dans les branches.

Hubert ne mangeait pas les boules. Il essayait de les arracher pour les jeter sur Hassan. Un fruit éclata entre ses doigts et une neige légère tomba sur les badauds. Le singe y goûta, à tout hasard. Une dame imposante et sérieuse fouilla dans son cabas en quête de son téléphone mobile.

— Faut appeler la police ! On peut pas laisser des bêtes sauvages comme ça, en liberté !

— Je comprends pas, dit la mémé, le zoo, il est fermé depuis longtemps !

— Il vient sûrement du cirque ! rétorqua le vieux marin, en haussant une épaule. Y sont là-bas, à Borély.

La nouvelle se répandit très vite. A l'Evêché, QG des képis marseillais, le flic qui avait en charge les relations avec la presse transmit l'information, se disant que pour une fois, les journaleux s'occuperaient d'autre chose que de la délinquance en ville. De fil en aiguille, la SPA fut aussi alertée, et la mention d'un beagle traquant un singe perché et en slip mit la maison en ébullition. Car depuis la veille, aucun membre de l'honorable association n'ignorait que la Vadim-Angouste en personne dirigeait des recherches concernant "le chien le plus riche du monde".

Hubert en avait assez des boules de platane, mais il avait mal choisi son arbre, trop éloigné des autres pour lui permettre de faire le tour du parc en sautant de branche en branche. Il tenta une échappée, mais à mi-chemin, il hésita. Très excité, à présent, le chien n'avait plus l'air de jouer. Hubert demeura suspendu par une main, les jambes ballantes, se caressant le menton.

Roberta fut alertée par la SPA. Idigov par Roberta. Grook par son rédacteur en chef qui lui demanda :

— Paraît que le singe est poursuivi par un beagle… L'autre jour, c'est pas un beagle que tu m'as montré, sur la photo ?

Julia leur avait laissé la 106 après qu'ils l'eurent ramenée chez elle. Une chance.

Dachi avertit Patipoulos. Ce dernier était en train de boire un café en compagnie de Raoul Babinetti. Léda avait embauché très tôt. Dès qu'il l'avait vue partir, Nuage d'Acier qui, par le judas posé sur la porte de Mémé Oumaraq, espionnait les allées et venues sur le palier, en avait aussitôt profité pour s'incruster chez l'ébéniste, espérant la réapparition d'Hassan. Lorsqu'il comprit la teneur de la conversation téléphonique qu'avait le vieil homme, il bondit sur ses pieds d'Apache et empoigna son sac d'où dépassait la branche d'un arc, priant le Grand Manitou pour que la bande de Hocine ne lui ait pas barboté sa motobécane.

Dans la fourgonnette de *Chez Roulis, la pizza comme avant*, l'alerte rouge se déclencha. Après une nuit d'inconfort et de douleurs lancinantes, ils étaient prêts à tout. Aussi, lorsqu'il vit le type à l'arc sauter sur sa bécane, Igor ne fit ni une ni deux. Les pneus de la Citroën crissèrent et il y eut un grand fracas à l'arrière. L'ordinateur de Jacques-André était foutu.

Tout autour du platane maintenant, il y avait foule.

Deux policiers s'efforçaient d'écarter les badauds afin de laisser travailler les gars de la fourrière. Il y avait aussi trois photographes, un cameraman, quatre reporters dont deux de la radio, micro au poing. Dans une période un peu creuse, à quelques semaines des fêtes de Noël, un singe jouant dans un platane du parc Chanot ne faisait pas un mauvais sujet. Le beagle y avait droit aussi, après tout c'est lui qui fournissait le son.

Ils étaient deux sur Hassan, armés de longues perches munies de collets coulissants.

Capturer un chien qui avait fait la campagne de Grozny n'était pas chose facile. Le beagle tchétchène était rompu au combat rapproché. Il avait même affronté un de ces chiens de guerre, tout noir, que menaient parfois les soldats de Poutine.

— Putain, qu'est-ce que ça remue ! fit l'un des deux préposés à la fourrière.

Hubert se balançait au-dessus d'eux, hilare.

Quant aux deux flics, ils n'osaient pas dégainer. Il y avait des enfants, et puis, la bavure animale est plus mal perçue par l'opinion publique que d'autres types d'égarements.

Roberta et Idigov arrivèrent les premiers.

— Lâchez ces outils barbares ! hurla la Vadim-Angouste, en sautant du taxi.

Le colonel resta dans le véhicule, le poing fermé sur son revolver.

Giulietta, la jeune et jolie dresseuse de primates du cirque Pantaleoni, gara son véhicule à cage à quelques mètres du platane et fendit la foule, très calme, sûre d'elle-même.

— Hubert, descends mon grand, viens vite voir maman !

Roberta vacillait sur ses talons aiguille en tournant autour du platane, à la poursuite d'Hassan.

— Madame, laissez-nous faire notre travail ! s'exclama l'un des fourriéristes.

— Votre travail, c'est moi ! répondit l'égérie de la SPA, le geste théâtral, la mine altière.

— Prends tout, prends tout ! brailla un journaliste à l'adresse de son cameraman, c'est la Vadim-Angouste, quel bol !

Soudain, une motobécane jaillit d'on ne sait où, créant un mouvement de panique parmi les badauds. Le pilote, penché sur sa monture, fit le tour du platane et essaya d'agripper Hassan par le col, dans la plus pure tradition apache de l'acrobatie équestre. La bécane, qui n'avait pas la maniabilité du mustang des plaines, dérapa et le cavalier vola dans le décor, sac marin, arc et flèches pêle-mêle.

— Oh putain, c'est trop, si tu rates ça je te tue ! lança le journaliste à son preneur d'images.

Les policiers dégainèrent, mais ils ne savaient pas encore pourquoi. Ils n'allaient pas tarder à le savoir. La foule s'était dispersée comme une volée de moineaux, d'autant qu'une fourgonnette à pizza venait de débouler dans le parc et fonçait dans le tas. Elle frôla le platane et pila dans un nuage de poussière, quelques mètres plus loin. Deux grands types armés jusqu'aux dents et mal rasés en surgirent.

Sitôt qu'il les vit, Hassan montra les dents. Ils cherchaient à le prendre en tenaille.

L'un des flics releva la visière de son képi.

— Houlà ! Qu'est-ce qu'on fait ?

Son collègue avait déjà décroché son talkie-walkie. Derrière le véhicule de la dresseuse de singes, Nuage d'Acier, couvert d'ecchymoses, rampait jusqu'à son arc.

Lorsque la 106 rouge entra en scène, Vassiliev craqua. Il lâcha une rafale au-dessus des têtes.

Tout à coup il y eut beaucoup moins de monde autour du platane. Giulietta se réfugia dans sa cage, les deux policiers allèrent prendre position derrière le tronc d'un autre arbre, Raoul tentait de bander son arc tout en restant couché, vieille technique apache qu'il maîtrisait mal. Les reporters avaient pris du champ. Seul le cameraman, qui en d'autres temps avait regretté de ne pas être devenu correspondant de guerre, continuait de filmer, accroupi.

— Vas-y ! Prends tout ! gueulait le reporter, planqué derrière la camionnette du cirque.

Hassan dribbla les deux Russes – plus tard, après que les images de cette scène eurent été télédiffusées dans tous les foyers de Marseille, on se souviendrait de ce chien sous le surnom de *Zidane canin*.

Une flèche rasa le nez de Vassiliev pour aller se ficher dans le tronc de l'arbre aux flics.

— Ils ont aussi des arcs ! beugla l'un des deux policiers dans son talkie-walkie.

La 106 rouge s'était immobilisée à une cinquantaine de mètres de l'œil du cyclone. Le moteur tournait mais Dachi, Grook et Casimir n'occupaient plus les sièges. Ils étaient couchés sur le plancher, soucieux d'éviter une éventuelle balle perdue. Soudain, la porte arrière gauche s'ouvrit et Casimir s'enfuit au triple galop.

— Ça alors, c'est la première fois que je le vois se dégonfler ! souffla Grook.

Plus près du centre des opérations, Roberta Vadim-Angouste, elle, ne se dégonfla pas. Après s'être déchaussée, elle empoigna ses talons aiguille, prête à charger. Ce que voyant, le colonel Khazman

Idigov prit le parti d'intervenir. Sitôt qu'il fut descendu, le taxi, lui, prit la tangente.

Toujours à terre, Raoul s'efforçait d'encocher une seconde flèche. Vassiliev lâcha une nouvelle rafale, à hauteur d'homme cette fois.

Igor et Hassan se faisaient face.

Le Russe tentait de braquer le beagle qui sautillait à gauche à droite. A quinze pas derrière lui, Khazman Idigov se tenait jambes écartées, l'arme à la main, cow-boy du Caucase, plus beau qu'Henry Fonda face à la Horde sauvage.

Réapparition de l'Oblique, toujours au galop, brandissant un trophée bizarre.

— Hassan ! Viens voir toutou, regarde le beau nonosse !

Le futé petit homme s'était rendu à la boucherie la plus proche et en avait ramené un fémur de bœuf sanguinolent.

Vassiliev lui tira dessus.

Idigov tira sur Vassiliev.

Nuage d'Acier décocha une flèche qui rata le singe d'un cheveu.

Giulietta Pancrazi, qui avait empoigné le micro du haut-parleur vissé sur son véhicule, s'écria :

— Attention, attention, on ne tire pas sur le chimpanzé ! Je répète : on ne tire pas sur le chimpanzé !

Quant à Igor, il était aux prises avec les talons aiguille d'une Roberta déchaînée.

Vassiliev était hors circuit, la balle tchétchène l'avait atteint sous la clavicule droite. Grook, Dachi et le colonel Idigov se portèrent au secours de Roberta, qu'Igor secouait par sa crinière blonde. Un coup de crosse sur l'occiput l'incita à tout lâcher. Idigov pointa son revolver vers le Russe à terre. Il tremblait un peu. La main de Dachi se posa sur son bras.

— Non, mon ami. Pas ça.

Aux abords du parc, un cordon de police était en train de se déployer plus ou moins discrètement. Un inspecteur, craignant d'être dépassé par les événements, téléphona à ses supérieurs pour demander l'intervention d'une brigade spécialisée.

— Y a des flics partout ! Cassez-vous ! fit Grook.

Le colonel Idigov rengaina son flingue illico.

— Faut pas la police, gronda-t-il, le front noir.

Dachi prit l'initiative. Il l'entraîna tranquillement sur le chemin qui menait au fond du parc, à l'opposé de l'avenue du Prado où avaient pris position les camions grillagés.

— Personne n'est autorisé à quitter le parc !

Derrière la ligne des hommes en rangers qui investissaient les lieux, l'inspecteur et son mégaphone tentaient de circonscrire le drame.

— Hep, vous là-bas, revenez ! Vous, lâchez cet os ! Vous, lâchez ce micro, c'est moi qui parle ! Personne ne s'en va !

— On ne tire pas sur le singe, je vous aurai prévenus ! rétorqua Giulietta qui avait réglé le volume de son haut-parleur de cirque au maximum.

Casimir, lui, ne dit rien. Il tendait son os vers le ciel limpide, figé comme une statue. Depuis que l'abeille de plomb lâchée par Vassiliev avait sifflé à ses oreilles, il gardait la pose. Parfois, l'Oblique sortait du monde, son esprit léger quittait sa frêle enveloppe charnelle. Cela lui arrivait à certains moments délicats, depuis sa plus tendre enfance, qui ne fut jamais tendre. Il avait ces sortes d'absences. Grook l'attrapa par la manche et le traîna jusqu'à la 106. Les grenades lacrymogènes se mirent à pleuvoir.

Hubert grimpa au sommet du platane. Raoul s'était glissé jusqu'à la cage de la camionnette de cirque. Ramassé en boule dans la paillasse du primate, il ne tenait pas plus de place qu'un jeune chimpanzé. Il jouait gros jeu dans cette partie, car la police possédait un impressionnant listing de chefs d'accusation le concernant. Les Russes étaient couchés dans le gravier.

Dachi et Idigov fonçaient maintenant têtes baissées vers le fond du parc, ignorant les injonctions de la police, d'ailleurs noyées par la voix amplifiée de Giulietta Pancrazi qui appelait son Hubert de singe.

Quant à Roberta l'héroïne, elle était cernée de caméras fraîchement débarquées, de flashes, de micros, la volaille médiatique ayant réinvesti le terrain dans la fumée des lacrymogènes et les appels mégaphoniques.

Le chien avait disparu.

UN PETIT TACHÉ
ET UN POILU PERCHÉ

Grook et Casimir passèrent le reste de la journée à l'Evêché. Les flics avaient emmené les Russes à l'hosto, Roberta avait eu droit à un régime de faveur. Ses grands yeux innocents et sa renommée avaient rapidement eu raison des soupçons.

— Des Russes ? Ces gens n'aiment-ils donc pas les animols ?

On l'avait relâchée avec des excuses. Puis elle avait dépensé une petite fortune pour convaincre un chauffeur de taxi de semer la meute des paparazzi qui la traquaient devant le QG de la police.

La signorina Giulietta Pancrazi s'en était tirée avec une amende, la divagation d'animol sauvage n'étant guère tolérée en ville. Personne ne songea à fouiller sa camionnette à cage. Lorsqu'elle quitta le parc, au volant de son véhicule de cirque, la dresseuse de singes affichait un sourire sibyllin. Elle avait récupéré son chimpanzé avec, en prime, oun *uomo*, oun vrai, qui n'avait pas hésité à attaquer deux types armés jusqu'aux dents pour défendre un petit chien, avec un arc bricolé. Et qui ne craignait pas la douleur : couvert d'ecchymoses, le mollet troué, le tireur de flèches ne gémissait même pas. Les tenants et les aboutissants de cette affaire, elle s'en moquait. Les deux créatures, à l'arrière, ronflaient l'une contre l'autre. Elle allait coucher Hubert dans sa cage et Raoul dans sa roulotte, après, on verrait.

Vassiliev fut emmené à l'hosto sous bonne garde. Igor passa quelques heures en compagnie d'agents très spéciaux qui n'étaient pas vraiment des policiers. Un coup de fil à l'ambassade russe permit d'éclaircir pas mal de points. Toutefois, l'officier de terrain Igor Radaktchiev garda par-devers lui certaines informations d'ordre canin. Rien sur Dachi El Ahmed non plus. Tout ce qui avait trait, de près ou de loin, à un numéro de compte était classé top secret, tels étaient les ordres. Version officielle : on l'avait envoyé en France pour surveiller de dangereux terroristes tchétchènes. Vassiliev et lui avaient failli mettre la main sur l'un d'entre eux, mais des passants imbéciles s'étaient interposés.

L'interrogatoire se fit plus pressant. Les autorités françaises voulaient des noms. L'officier Igor Radaktchiev leur fournit une liste d'activistes établie par avance avec sa hiérarchie. Idigov n'y figurait pas. En effet, les Russes se méfiaient de l'attitude de la France sur la question tchétchène. Derrière l'apparente passivité du gouvernement français, les services secrets russes savaient qu'une partie de l'opinion dans l'Hexagone condamnait la répression menée par Poutine. Malgré les récents attentats signés par la tendance islamiste, ils n'étaient pas assurés d'une franche et totale collaboration de la part du contre-espionnage français. D'autant que Khazman Idigov appartenait au Mouvement de Libération du Peuple Tchétchène, fraction non-islamiste, indépendantiste, qui ne s'attaquait qu'à des objectifs militaires. Dans certains organes de presse, en Allemagne et en France, le MLPT bénéficiait d'un courant de sympathie. Quelle serait la réaction du gouvernement français s'il apprenait que le colonel Idigov, bras droit d'Akhjad Oumaraq surnommé le Massoud tchétchène, se trouvait sur son territoire ? Rien ne permettait d'affirmer que la France le livrerait, pieds et poings liés, aux soudards de Poutine.

Donc, silence à propos du colonel.

La suite, les anciens du KGB l'avaient prévue dans les moindres détails. Ils savaient que les Français n'oseraient pas retenir les deux agents russes afin d'éviter tout incident diplomatique. Mais ils les tiendraient sous étroite surveillance. Il y aurait une protestation de principe contre l'indélicatesse des Russes qui n'avaient pas daigné alerter et collaborer avec les autorités françaises. L'officier Igor Radaktchiev devrait jouer serré.

Pour Grook et Casimir, ça se passait moins bien.

Les hommes de l'Evêché bataillaient depuis des heures pour obtenir des témoignages valables. Il avait fallu tanner les patrons de presse afin de récupérer les images prises pendant l'échauffourée. Chou blanc : aucun de ces cons de photographes n'avait cliché les deux types qui s'étaient enfuis à la fin de la baston. Deux membres des réseaux intégristes, nom d'un chien ! Les paparazzi n'en avaient eu que pour Roberta, le chien et le singe. On apercevait les Russes aussi, sur la pellicule, mais le grand Tchétchène n'apparaissait que sous la forme d'une silhouette sombre, le visage toujours enfoui dans le col de son manteau. Quant au second suspect (Dachi en personne), il était passé entre les gouttes.

— Desnouettes, avec le casier que t'as, vaut mieux que tu changes de ton ! grinça l'agent Casorla. Tu les as vus de près ces deux salopards, donne-nous leur signalement !

— Ben, y avait le petit, avec des taches noires et marron, puis l'autre perché là-haut, tout plein de poils, rétorqua l'Oblique avec un sourire crétin.

Les deux mains de Casorla se refermèrent sur son cou d'oisillon.

Un poing frappa contre la vitre sans tain derrière laquelle un agent très spécial surveillait l'interrogatoire.

— T'énerve pas, fit l'inspecteur Duponchel. Occupons-nous plutôt du gros.

— Quoi ! C'est moi, le gros ?

— Ta gueule ! lança Casorla. Toi, le fouille-merde, t'es pas sorti de l'auberge !

Grook tremblait de tous ses membres. Casorla ne l'impressionnait pas, mais il avait un besoin urgent d'un truc liquide avec de l'alcool dedans. A cheval sur une chaise, genoux contre genoux, l'inspecteur Duponchel la jouait épuisement nerveux. Connaissant le journaliste de réputation, il exhibait de temps à autre une flasque de métal gris fleurant le whisky, s'octroyait une rasade et revissait le bouchon avant de poser le flacon bien en évidence, sur un coin de table.

— Je peux pas croire qu'un journaleux, même poivrot, soit pas capable de me donner une description précise de ces types. T'es le seul à les avoir autant approchés, à part l'autre débile…

— Il est pas débile, coupa Grook, il est épileptique…

— Ta gueule !

— Casorla, s'te plaît, lâcha Duponchel, excédé.

— Chef, pas de pitié avec les Rouges ! glapit Casorla, faisant allusion à la tendance politique affichée par le canard pour lequel Grook bossait.

— Chui pas rouge, se lamenta Grook, je suis noir, enfin, je voudrais bien l'être… Z'avez pas un petit quelque chose à boire les gars ?

Duponchel montra sa flasque.

— Tu peux la finir, mais avant, décris-moi ces types, allez, un petit effort…

— Y avait un grand basané, puis un petit, basané aussi, arrêtez les mecs, moi j'étais pas là pour eux, c'est le singe que je voulais…

— Arrête de faire le con ! Un de mes hommes t'a clairement entendu leur dire "Cassez-vous, y a les flics !" Alors, tu parles ?

— Mais c'est parce que c'étaient des Beurs, putain ! Je sais pas ce qu'ils foutaient là, mais je sais bien que vous leur faites toujours porter le chapeau, même s'ils n'y sont pour rien !

— Bravo ! Mentalité de merde ! T'entends ça, Casorla ?

— Je vais me les faire ! brailla ce dernier.

— Du calme, du caaalme !

Un poing frappa à la vitre sans tain. Il y eut un instant de panique dans le petit bureau où se menait l'interrogatoire. Puis Duponchel attrapa sa flasque, avala une gorgée et murmura en fermant les yeux :

— Allez, on reprend tout depuis le début.

*

Khazman Idigov était en train de regarder les enfants qui jouaient dans la cour d'une école. On aurait dit un fantôme observant les vivants. D'une rive à l'autre, séparés par un abîme. C'était si simple, ici. La fin de la classe sonnerait sans massacre notable. Il vit son fils en train de rire, il vit sa propre enfance et les gestes du bois qu'un vieil artisan lui enseignait avec patience, puis la gangrène qui lui avait pris sa terre, sa maison, ses proches, son histoire, son corps, tout son être. Définitivement. Il n'était plus dans la vie. Il avait sombré dans le monde souterrain des maudits. Ceux qui s'enfonçaient dans le bourbier en se disant qu'un jour, peut-être, un jour…

Le maître appela les enfants. Ils retournèrent à l'étude. La main du colonel esquissa un adieu que les autres ne virent pas, la rage avait déserté son ventre l'espace d'un instant, il souhaita aux humains, à ceux-ci, à tous, à ceux d'après, de vivre sans guerres, sans armes. Lui, il s'effaçait.

Deux pas en arrière, Dachi grappillait les derniers grains de tabac au fond de sa blague. Il devinait, aux mouvements presque imperceptibles de la nuque et des bras d'Idigov, à son silence devant cette scène banale, la terrible solitude de son compagnon. La longue silhouette du colonel, sanglé dans son manteau, s'attardait devant la cour de l'école, vide à présent. Le temps arrêté dans l'agitation de la ville. Dans la connaissance de l'autre, il y a un palier qu'on ne peut pas franchir. Dachi l'avait compris depuis longtemps. Même l'empathie, cette faculté en voie de disparition chez l'humain, ne suffit pas. On ne peut que cerner cette zone d'inconnu, la prendre en considération, la respecter le plus souvent possible, et apprendre l'indulgence.

Mains dans les poches, le colonel reprit sa marche. Dachi lui emboîta le pas. Ni l'un ni l'autre ne savaient où ils allaient.

Vers midi, un présentateur de la télé régionale, l'œil goguenard, commenta des images insolites où l'on voyait une femme élégante et deux brutes en train de se crêper le chignon devant un platane, sous les regards étonnés d'un petit beagle et d'un singe perché :

— La célèbre Roberta Vadim-Angouste, bien connue pour ses vigoureuses prises de position contre la maltraitance des animaux, n'a pas hésité à se jeter dans la mêlée pour sauver un chien errant. Mais une question se pose : pourquoi les deux hommes, dont la police refuse toujours de révéler l'identité, étaient-ils armés ? De fait, nombreux se demandent à présent si ce chien n'était pas atteint de la rage, trois autres cas ayant été signalés, en effet, dans la région…

— Julia ! s'écria aussitôt Gabrielle Chamine, écrasant par mégarde son cigarillo sur le bras du fauteuil. Oh ! Nom de…

Julia accourut, réduisit le début d'incendie en crachant dessus puis, lorsque sa mère l'eut informée de ce qui s'était passé dans la matinée, se rua sur le téléphone.

Assis sur un banc, avenue des Chartreux, Dachi et Idigov étaient aux prises avec deux hot dogs récalcitrants. Le sage avait totalement oublié qu'il portait toujours le cellulaire de Julia. La vibration lui agaça la cuisse gauche. Il essuya ses doigts tachés de moutarde sur le rebord du banc et répondit.

— Où es-tu ? s'enquit la jeune femme.

L'œil acéré du colonel se posa sur lui.

— Heu… nulle part, pourquoi ?

— Qu'est-ce qui s'est passé ?

— Hem… c'est trop long à raconter. Pour résumer, je dirais que le chien a de nouveau disparu.

— A la télé, ils disent qu'il a peut-être la rage.

— Il n'est pas le seul.

— Et Gian ? Et Casimir ?

— Ils se sont fait embarquer. Mais ne vous inquiétez pas, on ne peut rien retenir contre eux.

Après un temps de réflexion, Julia prit une décision :

— Viens ! Et amène ton Tchétchène.

Dachi masqua le micro sous sa paume.

— C'est une amie, dit-il à Idigov, celle qui nous a prêté la voiture. Elle nous propose d'aller chez elle.

— La maison dans la forêt ? demanda le colonel.

Dachi resta interloqué. Il récapitula les événements qui s'étaient précipités ces derniers jours, et comprit que Khazman Idigov devait le filer depuis pas mal de temps. Il connaissait la maison Chamine.

— Oui, c'est ça.

— Alors pas y aller. Les Russes ont repéré. – Idigov montra deux doigts de sa main droite. – Eux, deux endroits vont surveiller : chez toi, dans la cité, et la maison dans la forêt.

Silence. Dachi s'efforçait d'analyser la situation aussi rapidement que le faisait Idigov. La police avait arrêté Grook. Avec le numéro d'immatriculation de la 106, la piste remonterait jusqu'à Julia. Le journaliste serait relâché mais sans doute surveillé.

Le Tchétchène avait raison, même Frais Vallon n'était plus un abri.

— Non, Julia, ce n'est pas une bonne idée. Je vous rappellerai, ajouta-t-il avant de fourrer le portable dans sa poche. Il mordit dans son sandwich. Le pain était mou, les saucisses avaient un arrière-goût de chien mouillé.

— Colonel, je suis un peu à court d'idées. Si vous en avez une…

— Trouver Hassan. Vite.

— Ben voyons, c'est si simple !

Idigov fit marcher deux doigts dans l'air.

— Oui, simple. Hassan rentre chez lui. Bon chien – le colonel se tapota une narine – bon nez. Il retrouve la maison.

Ils s'observèrent. Dachi debout, le Tchétchène assis. Une file de voitures était bloquée sur l'avenue, ça klaxonnait. Et le sage comprit ce qu'allait faire le soldat : il ne pouvait pas se permettre de laisser Hassan tomber entre les mains des Russes. Il comptait l'attendre à Frais Vallon. La cité serait le théâtre d'un débordement de la guerre du Caucase. Dachi s'assit. Il n'avait plus de tabac. Il se sentait très fatigué.

RUDE JOURNÉE POUR UN TAXI

Un Cosaque ! Ils lui avaient collé un Cosaque pour remplacer Vassiliev hors circuit. Une armoire à glace, tout de noir vêtu, la face large, les yeux bridés, la bouche fendue par une cicatrice verticale. Et qui portait le grade de major, comme lui… Igor Radaktchiev rongeait son frein. Mais l'échec essuyé dans la matinée, ainsi que les difficiles négociations entre le consulat et la police française, avaient provoqué de graves remous au sein de l'état-major russe. Parce que ces événements – l'homme du consulat n'avait pas mâché ses mots – étaient remontés jusqu'à l'ambassade et de là, jusqu'à Moscou. Les ordres étaient clairs : Idigov ne devait pas ressortir vivant du territoire français. Isolé, en terrain inconnu, le chef tchétchène avait pris des risques fous, l'occasion était trop belle. Quant au chien, il fallait s'en emparer par tous les moyens. On couperait ainsi le nerf de la guerre à la seule faction de la résistance tchétchène capable d'avoir une légitimité au plan international. "Mais attention ! avait déclaré l'homme du consulat, en frappant du poing sur la table, pas de vagues ! Discrétion, célérité, efficacité !" Une folie.

Trois autres équipes avaient été dépêchées à Frais Vallon. Tout ce petit monde en liaison radio, avec GPS et fusils à lunettes infrarouges. Pas de faille dans la souricière.

Youri, le Cosaque, spécialiste du combat rapproché et expert en armes diverses, n'était pas causant. Il avait garé la Seat gris angora fournie par le consulat àcinq cents mètres de la villa de Gabrielle Chamine, et s'était calé dans un cercle de buissons, non loin de la maison, avec son sac à provisions, ses armes, sa couverture de survie, prêt pour une longue traque. Lorsque Igor avait tenté d'allumer une cigarette, le Cosaque la lui avait arrachée des lèvres et l'avait broyée dans son énorme poing. Un seul regard de ces yeux bridés et noirs comme les eaux du lac Baïkal avait dissuadé Igor d'émettre la moindre protestation.

*

— Mon dieu, je ne sais pas ce qui m'arrive, je ne sais plus où j'en suis…

— A ce point ? demanda la voix flûtée et légèrement pincée de Brigitte B.

Roberta serra le combiné tout près de ses lèvres.

— Jamais un homme ne m'a fait cet effet-là…

— Ressaisis-toi ma chérie, tu ne connais pas ces gens-là, ce sont des musulmans, des… intégristes, tu te rends compte ?

— Oh, Brigitte, pas lui, il a été si doux, si attentif, il… – Elle murmura dans le combiné – il m'a fait jouir trois fois !

— Trois fois ! Tu as raison, ça ne peut pas être un intégriste ! s'exclama Brigitte B. à son corps défendant.

— Non, non, c'est simplement un homme, il est couvert de cicatrices, il est fort, et il est comme un enfant aussi, je le sens, il a besoin de moi…

— Arrête ! Tu deviens folle ! Et cette histoire de chien enragé par là-dessus !

— Il faut que je le retrouve !

— Le chien ?

— Non ! Oui ! Le chien, et le bonhomme aussi !

— Roberta, rentre et discutons calmement de tout ça ! Tout de même, toi que j'ai connue si posée…

— Ecoute Brigitte, je… je te rappelle, je viens d'avoir une idée.

— Roberta !

Un clac coupa la chique à Brigitte B., qui alluma une cigarette, l'écrasa aussitôt dans un cendrier de cristal, puis en alluma une autre.

Roberta composa le numéro de Patipoulos.

Le vieux Nestor tournait la cuiller dans son café. Le piaf suisse et bariolé poussa trois coucous. Pépé leva les yeux. L'oiseau des montagnes ne l'amusait pas, aujourd'hui. C'était peut-être moins triste qu'une pendule qui dit oui, qui dit non, mais ça n'en marquait pas moins le temps qui passe. Depuis qu'il avait vu les actualités de midi, l'inquiétude le rongeait. Lui, il avait reconnu Khazman sur le petit écran, de dos, brièvement intercepté par la caméra qui s'était concentrée ensuite sur la Vadim-Angouste et sur Hassan. Ils disaient que le beagle avait la rage. Crétins !

Le salon était désespérément propre. Patipoulos avait fini par céder. Léda s'était levée aux aurores après une nuit comateuse, avait pris une douche brûlante, puis glacée, avant de se lancer dans une impitoyable traque à la poussière. Les cendres de maman Patipoulos avaient dûment réintégré leur urne, via le sac de l'aspirateur, accompagnées de quelques moutons que la défunte éparpillée avait drainés dans son sillage.

Avant que Léda se rende à son travail, son père et elle avaient eu une discussion pénible. Léda en avait assez, elle était fermement décidée à se rendre à l'Evêché pour tout raconter et déposer une plainte. Son père lui avait alors parlé du passé d'Idigov.

— Des salades !

— Non, Léda, cet homme m'a dit la vérité, je le sais.

— Tu le sais ? Toi ? Toi qui n'as jamais pu résister au baratin d'un camelot ! Laisse-moi rire !

— C'est un homme du bois, Léda, y a des choses qui trompent pas. Et puis tu l'aimais bien, toi aussi, Mémé Oumaraq, non ?

— Quel rapport ?

— Je fais ça en mémoire de la mémé, parce que c'est une femme qui a souffert, et que tous les siens souffrent encore, merde, Léda, de temps en temps y faut faire quelque chose pour les autres !

La Rouquine avait regardé son papa bien en face. Les plis autour de sa bouche s'étaient détendus. Papa gâteau. Le cœur trop gros. Une bonne poire, dans tous les sens du terme. Il lui avait tout donné, sauf la hargne. Alors il avait fallu qu'elle se la fabrique toute seule. Sa mère lui avait légué un solide sens de l'organisation, une tête bien posée sur les épaules et une pointe d'autoritarisme, atavique réminiscence des temps où les déesses mères faisaient la loi en Méditerranée. Mais la discrétion, la patience, l'art de la négociation, Léda n'en avait pas voulu. Elle préférait trancher dans le vif. Dès la maternelle, elle avait appris à faire le coup de poing. Elle sentait bien, pourtant, que dans le cœur de son père il y avait plus de force que dans ceux des hommes qui se croyaient durs, dangereux, retors. Elle considérait la bonté comme une qualité supérieure à toutes les autres. Là résidait le seul espoir pour l'humain. Mais la bonté, ce fruit juteux qui attire les guêpes, lui faisait peur.

Elle avait envoyé un baiser à son père, du bout des doigts, pris son sac et était partie bosser.

Patipoulos avala les dernières gouttes de café. Il était prêt. Nous étions le 2 novembre, jour des défunts. D'ordinaire, à cette date, Nestor Patipoulos passait la journée à se recueillir devant l'urne cernée de bougies, en mémoire de feu maman. Mais aujourd'hui, il pensait aussi à Mémé Oumaraq. Il avait donc exhumé son vieux costume, celui qu'il portait le jour de l'enterrement de sa voisine, à peine usé car il ne l'endossait que dans les grandes occasions. Il enfila ses souliers vernis, encore craquants malgré les années, tendit la main vers le borsalino que Léda la farceuse lui avait offert douze ans auparavant, hésita, non, ça ne convenait pas à la solennité de cette journée.

Il allait sortir lorsque le téléphone sonna.

Au même instant, le colonel Idigov, suivi de Dachi El Ahmed, marchait sur Frais Vallon.

Après avoir savouré une bohémienne (ratatouille chargée en aubergines), sous le regard attendri de Giulietta Pancrazi, Nuage d'Acier fumait un petit cigare et voyait l'avenir sous un jour nouveau.

Le chien Hassan traversait la ville, déterminé à retrouver mémé.

Dans un petit bistrot, non loin de l'Evêché, Julia Chamine attendait la sortie de Grook, l'anxiété nouant son petit estomac.

Sa mère, Gabrielle, fumait en épluchant les journaux, en quête des dernières informations sur le conflit russo-tchétchène.

Le jeune Hocine surveillait une Saab aux vitres teintées qui, deux heures auparavant, était venue se garer en face de la plus haute tour, celle du gars Dachi, et dont le ou les occupants n'avaient pas mis le nez dehors.

Léda Patipoulos était en train de piquer un pauvre cardiaque dont la valve tricuspide battait de l'aile, et qui tremblait à l'idée de se faire changer la prothèse pour la quatrième fois.

Jacques-André Kleincwitz, vétérinaire de son état, vaccinait un petit bâtard blond nommé Totoche, le geste plein de douceur, heureux d'être vivant, malgré les frais qu'il lui faudrait engager pour renouveler son matériel.

Andreotti, dit Roulis, regardait la télé, couché sur le ventre, pendant que sa femme passait de la pommade sur ses fesses charnues.

Deux agents de la surveillance du territoire se faisaient copieusement enguirlander par leur supérieur pour avoir perdu la piste des barbouzes russes en plein Marseille.

Un mistral d'enfer balayait la ville.

Un crétin radiodiffusé parlait de "*dérapage de la démocratie*" à propos du comportement de l'armée de Poutine en Tchétchénie.

Un couple d'aigles royaux s'enfonçait dans les montagnes du Caucase, en quête d'une aire non polluée par l'homme.

Un enfant du Sahel s'endormait en rêvant d'une eau claire.

Une étoile s'éteignait, que les télescopes terriens n'avaient pas repérée.

Et le téléphone sonnait chez l'ébéniste Patipoulos.

C'était Miss SPA.

Nestor fit la grimace. Il avait espéré une autre voix au bout du fil. Celle-ci l'agaçait. Elle voulait venir. Il n'en avait guère envie.

— Je dois me rendre au cimetière.

— Ah... Eh bien, je vous accompagne. J'ai un taxi. Attendez-moi !

Il secoua la tête, grogna in petto, mais savait-il dire non ?

Il raccrocha et regarda l'urne où reposait maman. "Je ne suis plus de cette époque, souffla-t-il, il va être temps que je te rejoigne, ma chérie."

Roberta Vadim-Angouste croyait avoir semé les paparazzi qui l'avaient traquée, au matin. Lorsqu'elle franchit la passerelle tendue entre le yacht et le quai Rive-Neuve, trois des meilleures gâchettes de la presse à scandale la prirent en chasse. Naïve, elle n'avait pas encore mesuré sa notoriété à sa juste valeur. Depuis ce matin, les médias étaient sur le pied de guerre. Un chien enragé et la Vadim-Angouste en liberté dans la capitale phocéenne, plus une sombre histoire de coups de feu qui laissait augurer des gros titres alléchants, fallait pas lâcher le morceau ! Deux autres paparazzi, des malins, qui avaient perdu la trace de Roberta, s'étaient rabattus sur leurs collègues mieux informés. Cela faisait donc cinq. Les taxis du Vieux Port marchaient à plein régime. Roberta n'y vit que du feu.

Cloué par sa promesse, Pépé tournait comme un ours dans son salon. Miss Vadim-Angouste sauta du taxi en recommandant au chauffeur de l'attendre. L'homme dans la Saab alerta ses complices : la grande blonde signalée par le major Radaktchiev venait de pénétrer dans l'un des deux immeubles surveillés, suivie de loin par des types équipés d'appareils photo.

Dix minutes plus tard, la blonde ressortit, accompagnée par un vieillard. Lui aussi correspondait à l'un des signalements fournis par Radaktchiev. Ordre de prendre le couple en filature. L'homme à la Saab démarra. Les deux autres équipes, postées aux entrées stratégiques de l'ensemble Frais Vallon, gardaient leurs positions, centrées sur l'objectif numéro un : coincer Idigov.

Le taxi de Roberta se mit en route pour le cimetière. Quatre autres taxis se glissèrent dans son sillage (les deux malins ayant fait cause commune, ils étaient dans le même véhicule). Cent mètres en arrière, la Saab fermait le cortège. Non, pas tout à fait : un scooter noir, flambant neuf, collait aux roues de la Saab. C'était le jeune Hocine, la tête dans le guidon, fermement décidé à découvrir ce qui se tramait dans sa cité.

— Oh, ils me font craquer ! s'exclama Roberta qui, cette fois, avait repéré les paparazzi.

Patipoulos haussa les épaules.

— Des photographes, c'est ça ? Laissez faire, y se fatigueront avant vous. Mais, vous me déposez au cimetière et après on se quitte, hein, on est bien d'accord ?

— Oh, je vous en prie, monsieur Patipoulos, laissez-moi vous attendre ! Parlez-moi de Khazman !

— Mais… mais… répondit l'ébéniste, las, secouant la tête de droite à gauche. Et vice-versa.

Roberta Vadim-Angouste, surexcitée, enfouit son visage dans ses mains.

— Je l'aime, monsieur Patipoulos, je suis folle, je sais…

Nestor eut un haut-le-corps.

— Qu'est-ce que c'est que cette histoire ?

— Vous ne pouvez pas comprendre…

Le vieil homme songea à l'urne qui attendait, sur la table du salon, et aux bougies qu'il avait oublié d'éteindre. Avec ce mistral, ce n'était guère prudent. Il aurait mieux fait de ne pas sortir aujourd'hui, d'ailleurs ses côtes le faisaient encore souffrir. "Maman, toi au moins, tu as la paix", marmonna-t-il.

*

Dachi sortit du troquet où il venait de faire provision de tabac. Il ne lui restait qu'un billet de cinq euros. Il aurait aimé prendre le temps de boire un coup, s'accorder un moment de réflexion, mais le colonel était pressé.

— Vous comptez les attaquer tout seul ?

Idigov se retourna. Pas même essoufflé après cette marche forcée. Ils étaient à Malpassé, à moins d'un kilomètre de la cité. Au-dessus d'eux grondait une rame du métro aérien. Dachi lui tendit sa blague à tabac et son papier.

— Toi, tu m'aides, fit le colonel avec un demi-sourire, avant de passer un coup de langue sur le papier gommé.

— C'est ça ! Dachi en avait assez. Il trouvait que le Tchétchène le prenait un peu à la légère. Il ne semblait même pas tendu, on eût dit qu'il savourait la perspective d'aller au carton. Une curieuse lueur brillait dans son regard. Une lueur que reconnut Dachi, pour l'avoir vue, il y avait des années de cela, dans les yeux des soldats sur le front iranien. Ce visage exécrable de la violence, que portent les hommes entraînés à tuer. – Je ne suis pas sûr de vouloir t'aider, ajouta-t-il en soufflant la fumée vers le ciel.

Le colonel lui rendit son tabac. Il souriait toujours.

— Ça fait rien. Comme toi veux.

Il continua sa route. Haute silhouette solitaire. Dachi baissa les yeux. N'était-ce pas une minauderie de sa part ? Lui revint avec force un quatrain de Khayyâm :

Tu n'as pas aujourd'hui de pouvoir sur demain / L'anxiété du lendemain est inutile / Si ton cœur n'est pas insensé, ne te soucie même pas du présent ; Sais-tu ce que vaudront les jours qu'il te reste à vivre ?

Il emboîta le pas à Idigov.

DES PAPARAZZI AU CIMETIÈRE

Il était environ seize heures lorsqu'ils arrivèrent au cimetière. Dans l'ordre : Nestor Patipoulos, aimablement assisté par Roberta Vadim-Angouste, qui lui tendit la main pour l'aider à s'extirper du taxi. Cinq hommes équipés de téléobjectifs, qui se regardaient en chiens de faïence. Ils demeuraient à distance afin de surprendre un geste, un regard, un baiser, qui sait ? Puis un grand type portant un ample manteau qui semblait lesté de plomb. Lui, il ne pouvait pas rester à distance – il fallait qu'il sache ce qui se passait à l'intérieur – et il trouvait cela très regrettable, à cause des cinq emmerdeurs. Dans la voiture, craignant d'avoir affaire à des agents du contre-espionnage français, il avait appelé l'homme du consulat. Une voix suraiguë lui avait répondu. Merde ! Non, pas des agents, pire, des journalistes ! A cause de la poupée blonde. Français de merde ! Pas de vagues surtout !

Le Russe pénétra donc dans le territoire des morts. Le vent puissant fouettait les croix, soulevant la poussière. Il s'en foutait, il portait des lunettes noires. Mais bon sang, que de monde ! Il ne savait pas pour le 2 novembre. Son contact ne lui avait pas précisé qu'en France, c'était jour de fête pour les marchands de chrysanthèmes.

Sur la tombe de Mémé Oumaraq, une surprise attendait Patipoulos.

Un petit chien noir, blanc et feu était roulé en boule, le museau sous la queue.

— Mon toutou ! T'es revenu !

Nestor s'assit péniblement sur la dalle, posa ses marguerites et prit la tête du beagle entre ses grosses mains. Hassan avait l'air groggy. Il passa une langue distraite sur les doigts de l'ébéniste.

— Qu'est-ce qu'il est maigre ! murmura le vieil homme en lui caressant les flancs.

Roberta tenta de s'accroupir, échoua car son jean la moulait un peu trop aux hanches et aux genoux. Elle épousseta un coin de la pierre, y posa l'une de ses jolies fesses et tâta la truffe du cabot.

— C'est tout sec ! Et chaud, ajouta-t-elle, le front plissé. Il est malade !

— Mais non, fit Patipoulos. Il est épuisé, voilà tout. Hein mon toutou, t'as pas dû manger beaucoup… Allez, viens !

Hassan ne broncha pas. En ahanant, l'ébéniste le souleva avec des gestes doux.

— Viens, mon grand.

— Je vais vous aider.

Dans les bras du vieil homme soutenu par la belle, le beagle se laissa faire. Son exubérance l'avait quitté. Son œil était éteint. Il venait d'atteindre ce détachement suprême que seuls connaissent les grands sages et les bêtes. Et voilà que les humains venaient encore le déranger… Ils ne savaient pas lâcher prise.

La scène était digne d'illustrer un gros titre. La belle et le vieillard cajolant la bête… Une occasion qui n'échappa pas aux tirailleurs du téléobjectif. Roberta les avait vus, mais elle en prit son parti. Et puis, elle n'avait pas envie de déclencher un scandale en plein cimetière, ni d'effaroucher le pépé qui devait lui parler de Khazman. Après tout, que pourraient-ils bien faire de ces photos, les crétins ?

La présence des paparazzi ne dérangeait réellement que le grand type au lourd manteau. Le Russe disposait d'un véritable arsenal là-dedans, mais l'homme du consulat, qu'il venait à l'instant de recontacter, était formel : pas de vagues ! Pas d'opération commando ! Le chien, il n'y avait qu'à lui filer le train et s'en saisir dès que possible, sans témoins. Les dents serrées, le Russe retourna à son véhicule en évitant soigneusement les feux croisés des photographes. Il n'y avait qu'à !… Et qui porterait le chapeau en cas de pépin ?

Devant le portail du cimetière, les paparazzi s'agglutinèrent autour du trio.

— Votre nom, monsieur ?

Flashes.

— C'est un parent à vous, Roberta ?

— Le début d'une idylle ?

Flashes.

— C'est le chien de ce matin ? Celui qui est enragé ?

— Foutez-nous la paix, merde ! Roberta poussa Patipoulos dans le taxi.

— C'est le chien qui a la rage ? s'écria le chauffeur.

— Ah, vous n'allez pas vous y mettre, vous aussi ! Tenez ! Elle lui fourra un billet de cinquante euros dans la main. Filez !

Il démarra. Les photographes sautèrent dans leurs taxis. La Saab du Russe fermait le cortège. Non. Hocine en scooter était derrière. Rien n'avait échappé à son œil d'aigle.

Après un long détour, Dachi et Idigov abordèrent le quartier de Frais Vallon par l'est. Une zone pavillonnaire où survivait un boui-boui que fréquentaient les jeunes de la cité. Dachi calé entre le flipper et le baby-foot, ses derniers euros partis en cafés.

Le colonel regarda sa montre. Ses doigts durs tambourinaient sur le formica de la table.

— Patience, conseilla Dachi. Il va forcément en venir un. En fin d'après-midi, c'est ici qu'ils se retrouvent.

— Si Hassan vient, les Russes le prennent !

— On ne peut rien faire, colonel, vous le savez. Ils nous attendent.

Le bistrotier était assis et regardait sa télé vissée au-dessus du bar. Les jeunes le surnommaient le Grigou. Les murs étaient d'un jaune pisseux. Le soleil ici avait pris un coup de vieux. Dachi songea au cours sur l'histoire des mathématiques qu'il devait donner le lendemain. De Thalès à Al Khowarizmi, inventeur de l'algèbre, quand les hommes ne pensent pas à se battre, ils trouvent des chemins merveilleux pour comprendre le monde. Demain… c'était loin.

— Ah, voilà Mourad !

Le bras droit d'Hocine, qui avait fait le coup de main dans la cave lorsque Igor et Vassiliev avaient coincé Dachi. Un nerveux, plein de tics, le sourcil droit barré par une cicatrice.

— Viens par là, Mourad !

Le jeune se fendit d'un léger sourire en apercevant Dachi. Il ne salua pas l'étranger.

— Je te présente un ami : Khazman.

Le colonel tendit la main au jeunot. Ce dernier la frôla du bout des doigts.

— Il faut que je voie Hocine le plus vite possible. Tu peux t'en occuper ?

— T'as pas de portable ?

Dachi avait celui de Julia, mais tout à l'heure, la batterie avait poussé son dernier soupir.

— Ni portable ni numéro.

Mourad hocha la tête et sortit de sa poche un petit bijou doré qui n'avait pas dû lui coûter cher.

— 'Cin' ! On est chez le Grigou. Y a Dachi qui te veut, fissa !

Mourad raccrocha et s'assit. Il observa Idigov un peu par en-dessous.

— Je ne peux rien t'offrir, on est à sec tous les deux.

— Putain, c'est la dèche là !

Ils attendirent tous les trois devant deux tasses vides.

*

Hassan avait bu, mais ne voulait rien manger. Roulé en boule aux pieds du vieil ébéniste, il puait.

— Et si on le lavait ? lança Roberta, qui ne savait plus trop quoi faire de ses dix doigts. Elle ne voulait pas partir. Elle avait envie de parler, elle avait besoin d'attendre, ici. Car c'était ici qu'elle retrouverait son homme.

— Oh, c'est peut-être pas le moment… Patipoulos, lui, aurait bien aimé qu'elle décampe. Léda n'allait pas tarder et il savait qu'entre ces deux femelles, le voltage était trop élevé.

— Mais si, mais si, on va le câliner tous les deux, je connais bien les chiens, vous savez.

Et elle s'empara du beagol qui ne demandait rien, surtout pas de se retrouver au fond d'une baignoire, couvert de shampooing.

— Les massages leur donnent du tonus ! affirma la belle qui s'était retroussé les manches. Beau toutou, sage !

Hassan se laissa faire. Fatalisme ou volupté renaissante ? Roberta passa une main sous son ventre et constata que la seconde option était la bonne.

— Hou, coquin ce toutou ! Allez, monsieur Patipoulos, prenez la pomme de douche, on va le rincer !

Hassan s'ébroua. Roberta en prit plein la frimousse.

— Vous avez une grande serviette ? On va l'envelopper, ça fera moins de dégâts.

Elle l'emmaillota dans un drap de bain, le coucha sur le paillasson et entreprit de le frotter avec vigueur.

— Qu'est-ce qu'il a là, une tique ? demanda Patipoulos en grattant le dos d'Hassan.

Roberta souleva le poil.

— Non, on dirait… un tatouage. Un tatouage sur le dos, c'est bizarre… Des lettres, des chiffres… Vous avez un crayon, monsieur Patipoulos ?

Celui-ci s'éclipsa. Il revint avec un petit carnet et un stylo. Roberta lut à haute voix, signe après signe, s'efforçant de maintenir le cabot qui commençait à s'impatienter. Le vieil ébéniste inscrivit sur le papier.

— Je n'ai jamais vu un code pareil ! s'étonna Roberta.

Pépé regarda ce qu'il venait d'écrire, l'œil tout rond. Il avait l'impression de tenir un bâton de dynamite allumé.

Youri le Cosaque éteignit sa radio.

— Viktor a repéré le chien, dit-il, faisant allusion à l'homme dans la Saab. C'est pour cette nuit.

— Faut aller là-bas ! rétorqua Igor en se levant. Si y a le chien, c'est là-bas qu'on coincera Idigov.

— On quitte pas la position ! gronda Youri.

L'officier Radaktchiev serra les poings. Il réfléchit.

— Dis à une des équipes de nous relayer ! Je veux ce salopard !

Le Cosaque hésita. Pas longtemps. Déquiller le chef tchétchène, ce serait bon pour lui. Il ralluma sa radio.

Après deux whiskies, Grook se sentait mieux. L'Oblique s'était contenté d'une anisette bien tassée. Ereintés, de grosses poches sous les yeux, ils étaient attablés dans le bistrot d'où Julia avait guetté leur sortie. Dans l'après-midi, la jeune femme était allée récupérer sa 106 à la fourrière. La petite plaisanterie du matin lui avait coûté cher, mais elle n'en souffla mot au journaliste.

— J'ai tenté de joindre Dachi tout à l'heure, mais ça ne répond pas. Ma batterie doit être à plat. Qu'est-ce qu'on fait ?

— C'est lui qui nous contactera, répondit Grook. Il a mon numéro. Si on rentrait ? J'en ai plein les bottes.

— On ne peut pas le laisser tomber ! s'exclama Julia.

— Qu'est-ce que tu veux qu'on fasse ? De toute façon, on sait pas où il est. Et moi, j'ai besoin d'aller m'allonger un moment.

Julia venait juste de démarrer lorsque le portable de Grook sonna. Quelques minutes plus tard, le journaliste raccrochait en se passant une main sur le visage. Il murmura :

— Putain, j'ai besoin de boire un coup !

— C’était Dachi ?

— Oui, ma belle, et je crois bien qu’il va nous remettre dans le pétrin…

— Bé parle, couillon !

Grook regarda Casimir. Le petit homme semblait récupérer plus vite que lui.

— Il veut que j’alerte tous les connards de la presse à scandale, que je les envoie à Frais Vallon, à l’immeuble B 5, parce que madame Vadim-Angouste a une déclaration à faire.

— Elle est là-bas ? s’enquit Julia.

— Elle est là-bas. Et ne me demande pas ce qu’elle y fout. Il dit que c’est une question de vie ou de mort.

— Ben alors, qu’est-ce qu’on attend ? s’exclama l’Oblique.

CHIENS SANS FRONTIÈRES

C'est le Dachi des grands jours. Rêveur des médiations, inventeur de la diplomatie saugrenue, pantalonesque et Nasr Eddin Hodjienne. Après l'avoir rejoint chez le Grigou, Hocine l'a mis au parfum. Durant les minutes qui ont suivi, le temps s'est contracté. Renseigné sur la position des uns et des autres, armé d'un téléphone, Dachi a enfin quelques cartes en mains. Il a fallu négocier avec le colonel, qui voulait illico partir en guerre, trouver le calme intérieur, invoquer les esprits des grands sages, prendre de la distance, analyser froidement la situation malgré l'état d'urgence. Six minutes et douze secondes lui ont suffi pour mettre sur pied un plan qui déplaît fortement à Idigov, mais qui a séduit Roberta. Au bout du fil, Grook lui a demandé s'il se sentait bien. "De toute façon, lui a-t-il répondu, si quelqu'un a une meilleure idée..."

Hocine, qui s'est immédiatement pris de sympathie pour le Tchétchène, a accepté de jouer les agents de liaison. Il a sillonné la cité à bord de son scooter, repéré les Russes, fait la navette entre le bistrot du Grigou et l'appartement de Patipoulos, et transmis les messages.

La nuit tombe sur la cité comme un voile de tulle lâché par un dragon fatigué. Le mistral ayant levé le pied, le smog reprend ses marques. Au pied de l'immeuble B 5, Roberta Vadim-Angouste, resplendissante sous les flashes, serre entre ses bras un petit chien noir, blanc et feu, au cou duquel elle a noué un ruban rose. Hassan, qui n'a guère l'habitude d'être arraché au sol, tricote des pattes, éternue aussi, car après le sèche-cheveux il a eu droit à l'eau de toilette. Roberta presse son corps musclé contre son sein. Envoûté par sa chaleur féminine, le clebs cesse finalement de se débattre. Le fin visage de la jeune femme, empreint d'un sourire Mona Lisien, est le point de mire infrarouge de trois snipers russes qui n'attendent qu'un ordre pour y faire un grand trou. Mais il y a foule autour d'elle : Patipoulos, Grook, Julia, Casimir, les paparazzi, des habitants jeunes et vieux, des journalistes de tout poil, presse locale, presse à sensation, presse canine et animalière. Quelques flics en civil aussi, qu'exceptionnellement, sur les conseils d'Hocine, la jeunesse locale s'abstient de harceler. Roberta vient de faire une annonce accueillie par des ricanements, des ovations, des haussements d'épaules et divers cris d'animaux.

— Pourquoi établir le siège de votre association ici ?

— Allez-vous quitter la SPA ?

— N'est-ce pas provocateur à l'égard des habitants de cette cité, qui ont des problèmes plus urgents ?

— S'agit-il d'un canular, madame Vadim-Angouste ?

— Messieurs, messieurs, je vous en prie, je suis très sérieuse. Comme son nom l'indique, Chiens sans frontières sera une association d'envergure internationale, dont le but ne sera pas seulement de porter secours à nos amis abandonnés, meurtris, maltraités, mais aussi d'établir une chaîne mondiale de solidarité autour d'un objectif de paix, de saines valeurs comme l'amitié, la tendresse, la fidélité, et je dirais même, l'humanisme…

— Foutaises !

— Bravo !

— On se moque de nous !

— Pas du tout ! J'ai choisi ce petit beagol comme symbole de ce nouveau mouvement ! N'est-il pas mignon ?

Flashes.

— Il était prêt à se laisser mourir sur la tombe de sa maîtresse…

— Moi aussi, si elle avait vos jambes !

— Houou !

— Du calme ! beugle le correspondant de *Nos amis à quatre pattes*.

Non loin, Youri le Cosaque et Igor Radaktchiev jouent des coudes pour approcher Hassan. La tête rentrée dans les épaules, les deux hommes guettent l'instant propice pour passer à l'action. Mais un cercle de badauds, principalement des jeunes, entrave leurs mouvements.

— Il s'appelle Hassan et il est d'origine tchétchène !

Flashes. Roberta rayonne. De temps à autre, elle lève son petit menton pour éviter les léchouilles frénétiques d'Hassan.

— C'est une histoire à dormir debout ! s'écrie un journaliste du *Courrier mondial*.

— Nous ferons construire ici un véritable centre culturel, avec des salles de conférence, d'exposition, de vidéo…

— Ici ?

— Pourquoi pas ? Ça vous choque ? Nous créerons un lieu ouvert à tous, sans discrimination, sous le parrainage de monsieur Nestor Patipoulos, que voici !

Flashes.

— Pati quoi ?

— Ce monsieur a sauvé Hassan d'une mort certaine.

— Qu'allez-vous faire du chien ?

— Eh bien, c'est évident : je l'adopte ! Et je vous invite tous à célébrer la fondation de Chiens sans frontières sur mon yacht, où une collation vous attend !

Roberta descend les trois marches qui la séparent du bain de foule. Elle échappe au collimateur des tireurs russes. Igor et Youri tentent de lui couper la route, les rangs se resserrent autour d'eux, suivant les consignes d'Hocine et de Mourad qui encadrent la petite troupe. Le groupe oscille comme un herbier sous la mer. Roberta avance vers son taxi, Hassan toujours dans les bras, suivie de près par Patipoulos, Grook, Julia et Casimir.

Léda, qui vient de débarquer, fonce tête baissée pour tirer son papa de ce guêpier. Les flics en civil se tiennent en retrait, un peu désemparés.

Roberta s'engouffre dans le véhicule, talonnée par Patipoulos, puis par Léda qui se met à tempêter, puis par deux jeunes, puis par une Julia munie d'un énorme sac de voyage. Le chauffeur sort de ses gonds.

— Vous êtes cinglés ? On va me faire sauter ma licence !

— Démarrez ! ordonne Roberta en alignant trois billets.

— J'ai pas le droit, on est sept !

— Papa, sors de là ! Putain de chien !

Hassan a sauté sur les genoux de Léda. Il est en érection.

— Léda, fous-moi la paix !

— Vous, reprenez votre clébard !

Hassan piaille, la Rousse l'ayant agrippé par la peau du dos pour le jeter dans les bras de Roberta.

— Démarrez, merde ! gueulent de concert Julia et les deux jeunes, emberlificotés à l'arrière.

Trois index chatouillent leurs gâchettes. L'ordre, l'ordre qui ne vient pas ! Youri et Igor sont serrés de si près qu'ils peinent à mettre un pied devant l'autre. L'homme du consulat est pendu à sa radio. Merde de merde ! gronde-t-il en russe et en grinçant des dents. Puis l'ordre vient : Allez hop ! Tout le monde au yacht ! On s'occupe du chien d'abord, d'Idigov ensuite.

Julia exhibe un gros basset artésien en peluche.

— Désolée, ils ne faisaient pas le beagle, j'ai trouvé que ça.

Le chauffeur jette un œil dans son rétroviseur.

— C'est plus une Mercedes, c'est une maison de fous ! grommelle-t-il.

— Allez, Hassan, allez mon beau, entre dans le sac ! dit la brunette, aidée par Roberta.

— Papa, qu'est-ce que c'est que ce cirque ?

Assis près du chauffeur, Nestor Patipoulos ferme les yeux et soupire.

— Laisse tomber, Léda, c'est une idée de Dachi.

Avenue Jean-Paul Sartre, c'est l'embouteillage. Des véhicules bourrés de paparazzi, d'autres bourrés de Russes, des grappes de jeunes perchés sur des scooters, et au milieu, une 106 rouge.

Le beagle ne veut pas entrer dans le sac. Il se met à hurler. Julia vient de lui coincer l'oreille dans la fermeture éclair.

— Laissez-moi faire ! intervient Roberta.

— J'ai une idée ! s'exclame l'un des deux adolescents. Il sort de sa poche une poignée d'oursons en gélatine bleue et les fourre dans la gueule du chien.

— Pas le sucre, c'est mauvais pour lui !

— Vous, la décolorée, occupez-vous de votre peluche !

— Léda ! gronde Patipoulos.

— Je ne suis pas décolorée ! Et je vous ferai remarquer que je ne vous ai pas invitée !

— Stop, stop ! C'est fini ! coupe Julia, qui a réussi à emballer le chien en le piégeant avec les sucreries. Déposez-moi le plus près possible de la prochaine bouche de métro, ajoute-t-elle en tapotant l'épaule du chauffeur.

— Une de moins… grogne ce dernier.

Nestor Patipoulos se retourne et tend à la jeune femme un morceau de papier froissé.

— Si vous voyez Khazman, donnez-lui ça, je crois que c'est important.

Le sac de voyage aboie et se met à ruer.

— Mon dieu ! gémit Julia, il a déjà fini les bonbons. Pourvu qu'ils ne s'aperçoivent de rien…

— C'est un plan à Dachi… ricane l'un des jeunes.

Julia descend aux Chartreux, la courroie du sac passée autour du cou. Le bestiau emballé donne de furieux coups de reins, ses pattes labourent la toile. Elle le serre de toutes ses forces contre sa poitrine, elle essaie de ne pas courir.

— Arrête ! beugle le major Radaktchiev à bord de la Seat gris angora prise dans l'embouteillage. L'échappée de Julia n'est pas passée inaperçue, il subodore, Igor, il sait qu'il a affaire à une bande de tordus. Mais Youri le Cosaque, crispé sur son volant, ne subodore pas.

— Niet ! On suit le chien.

L'officier de terrain Radaktchiev passe à l'action : il tend sa jambe en travers, écrase la pédale de frein, le Cosaque braque pour éviter le carambolage, Igor bondit hors du véhicule, se casse la figure, repart au pas de course.

Derrière, une 106 rouge a pilé.

— Putain ! J'ai été bon ! souffle Casimir en se passant une main sur le visage. Tu vois qu'y zont eu tort de me sucrer le permis !

Grook s'excite sur la ceinture de sécurité, qu'il n'arrive pas à débloquer.

— Y va me la choper ! Le salopard !

L'Oblique le saisit par l'épaule.

— Laisse pisser, fais-lui confiance ! Il la retrouvera pas dans le métro, elle est maligne. Allez, accroche-toi ! On va la récupérer à Saint-Just, comme prévu ! ajoute-t-il, coupant la voie des bus pour emprunter un sens interdit.

Elle est en sueur, frémissante, euphorique… Elle l'a eue au vol, sa rame, les portes se sont refermées, elle a réussi. C'est une jeune femme pleine de ressources. Psychologie, sciences humaines, journalisme, théâtre – avec une prédilection pour la commedia dell'arte – elle a tâté de tout avec un égal bonheur. Son seul problème, c'est son rapport avec les hommes. Elle se sent maladroite, naïve, elle doute de son sex appeal, elle n'a pas l'aplomb de maman Chamine, dont la seule présence force le respect. Manque de pratique, peut-être. Mais aujourd'hui, toc ! songe-t-elle en fronçant son joli menton, j'ai marqué des points !

— Mademoiselle, votre sac est en train de me griffer le dos !

Une lourde dame. Robe coûteuse et de mauvais goût, faisant saillir les bourrelets. Bourgeoise marseillaise enrichie au négoce. C'est l'heure de pointe, les torchons se mélangent avec les serviettes, il n'y a pas de première classe dans le métro phocéen.

— C'est du crocodile, madame, votre parfum le met dans tous ses états ! Gentil Hassan, n'agace pas la dame ! dit-elle au sac.

Le major Radaktchiev fait le point. Il a raté la fille. Bon. Planté devant le plan du métro, il récapitule. L'équipe qui les a relevés, Youri et lui, est en planque chez elle. Tout n'est pas perdu. Quand il l'a vue partir avec ce grand sac, il a tout de suite pensé au chien. Mais en passant près du taxi des tordus, il a entr'aperçu la blonde derrière la vitre, qui serrait le cabot dans ses bras. Qu'y avait-il donc dans le sac de la petite brune ? L'appareil pour déchiffrer les puces ? Ils auraient fait ça dans la bagnole ?

Le Cosaque est un con. Le type du consulat est aussi un con. Fallait lui laisser les mains libres, à lui, Igor Radaktchiev, officier de terrain. Parce que maintenant, il n'a plus d'équipier pour affronter Idigov. C'est pas Vassiliev qui lui aurait fait ce coup-là ! Fort heureusement, il n'aura pas les jeunes excités dans les pattes. Qu'ils se noient tous dans le port !

La rame orange s'arrête. Orange ! Igor a une moue de mépris. Ces Français… Il saute dans le wagon. Direction Frais Vallon.

UN BILLET POUR ZURICH

Dachi lui avait dit : “Surtout, ne restez pas seule cette nuit. Invitez des amis… organisez une fête !” Aussitôt arrivée au yacht, entre deux interviews, Roberta avait donc multiplié les appels et de fil en aiguille, tout le gratin marseillais n’avait pas tardé à se retrouver à bord. A l’aube, le yacht ancré dans le Vieux-Port avait quelque chose du radeau de la Méduse. Nouba d’enfer pour le jour des morts. On avait dansé et bu jusqu’à cinq heures. L’association Chiens sans frontières n’avait pas encore ses statuts déposés, mais bénéficiait déjà du soutien de hautes personnalités dont certaines, présentement, gisaient sur la moquette, en compagnie de magnums vides, de verres brisés et de toasts au caviar perdus corps et biens.

Roberta ne dormait pas. Blottie sur le sofa, ses jambes ramenées sous ses fesses, elle avait du mal à faire le point. Elle vivait un tournant de sa vie, mais n’avait aucune idée de ce qu’il y avait après le virage. Depuis deux jours, elle n’avait fait qu’agir sur des coups de tête, ce qui ne lui ressemblait guère. Et dans cette tête, le visage et le corps de

Khazman avaient pris toute la place. Elle avait embrassé sa cause sans réfléchir. Surprise par ses propres réactions. La seule pensée qui la préoccupait, c'était la crainte de ne plus le revoir. Où était-il à présent, son grand baroudeur ? Parti avec le chien, traqué par des sales types, seul, aussi seul qu'elle en cet instant…

Dans une cabine, près de son papa, Léda dormait à poings fermés. Après avoir boxé un paparazzi qui lui demandait de poser nue, elle s'était enfermée avec son père afin de tirer les choses au clair. Mais le vieil homme était épuisé. Il l'avait priée de prendre patience au moins jusqu'au matin, puis il s'était couché.

— Et demain, qu'est-ce qu'on fera ?

— Dachi a dit que demain ça devrait s'arranger.

Il s'était mis à ronfler aussi sec.

Dachi, Dachi… Ce type l'énervait prodigieusement. Ce type qu'elle ne parvenait pas à cerner. D'habitude pourtant, les hommes, elle les cadrait vite.

Nuit blanche pour Grook aussi. Le journaliste avait retrouvé ses humeurs de jeunesse. Des heures devant le clavier, convaincre le rédac'chef de changer sa Une, suivre la mise en page, attendre la sortie des rotatives… Le tout sans alcool, ou presque. Mais le résultat en valait la peine. Il retournait vers ses pénates, le canard frais sous le bras. Relater les événements en évitant de mentionner le colonel Idigov, et les raisons pour lesquelles des inconnus à l'accent slave s'étaient mis à traquer un beagle nommé Hassan, n'avait pas été facile. Mais il pensait en avoir assez dit pour couper l'herbe sous les bottes russes. Le titre s'étalait sur cinq colonnes : *Barouf pour un chien tchétchène !* Avec une belle photo de la Vadim-Angouste serrant Hassan dans ses bras. D'ailleurs, Roberta et le beagle faisaient la Une de plusieurs autres feuilles de chou : *Nuit de folie chez la Vadim-Angouste ! La jet set s'entiche d'un chien tchétchène ! La belle et le cabot !* Mais lui seul donnait des détails sur le fond de l'affaire. Un scoop.

Il rentra chez lui le cœur léger. Dans le salon, la tête sous l'oreiller, Casimir roupillait en émettant de petits gémissements. Julia dormait dans l'alcôve. Il se servit un verre en la contemplant. Il avait eu peur pour elle, hier soir. Une trouille bleue. Une fille formidable. Dix-huit ans de moins que lui. Dommage, songea-t-il, en ramenant le drap sur son épaule nue.

Le major Igor Radaktchiev plia bagages, un goût amer dans la gorge. Toute la nuit il avait guetté les entrées des immeubles B et C, à bord d'une vieille Opel Kadett dans laquelle il s'était introduit par effraction. En vain. La tension nerveuse, le manque de sommeil, la faim, les douleurs dues aux différentes empoignades de ces jours derniers, ne suffisaient pas. Maintenant il allait falloir s'expliquer avec sa hiérarchie. Il venait de recevoir un appel du consulat. Une scène pénible l'attendait. Pour lui, c'était terminé. C'était le Cosaque qui menait la danse, maintenant. S'ils croyaient qu'il allait réussir à coincer Idigov, cet abruti des steppes !... Le Tchétchène devait être loin à présent, peut-être même qu'il avait déjà passé la frontière. Et cette saloperie d'Opel qui ne démarrait pas ! Il allait falloir rentrer en métro. Mais il le retrouverait, ouais, songeait le major Radaktchiev en serrant les poings, là-bas, du côté de Grozny, quand il aurait récupéré son escouade.

Je n'ai rêvé du ciel que comme d'un lieu de repos
Et je ne crois au paradis que lorsque je goûte un instant de paix.

Gap. L'aube dans les montagnes. Ils avaient roulé pendant une bonne partie de la nuit. Dans la petite 106 rouge, Dachi avait épuisé les quatrains de Khayyâm. Le Persan l'ennuyait un peu, ce jour-là. Il aimait le rebelle mais pas le fataliste, l'épicurien sans le poison de l'amertume. Cette fraîche matinée dans les hauteurs s'était écoulée sans arrière pensée. La route s'étirait comme un ruban vers le ciel, Dachi se sentait des ailes, il n'aurait pas détesté tout planter là et continuer à pied, par les cols et les forêts, sans bagages... Oui, un nouveau voyage s'imposait. Il faudrait qu'il y réfléchisse.

Celui du colonel se poursuivrait en train. "Voiture rouge repérée par les Russes"... Il emprunterait de petites lignes, par étapes successives, jusqu'à Zurich.

Khazman Idigov sourit. Sur le quai de la gare, accroupi, il caressa Hassan. Il lui dit quelques mots dans cette langue que Dachi ne connaissait pas. Il avait de l'argent, prêté par Julia, et le numéro de compte que le commandant Oumaraq avait pris soin de tatouer sur le dos du beagle, et que le vieux Grec lui avait transmis sur un petit bout de papier. C'était ici que leurs chemins se séparaient. Dachi lui tendit la main. Khazman l'attrapa par les épaules et l'étreignit avec force. La force d'un charpentier.

— Prends garde à toi, colonel !

— Un jour, quand maison sera reconstruite, tu viendras ! Tous vous viendrez ! On fera grande fête.

— Oui. Tu me montreras tes belles montagnes.

Puis un mot en tchétchène, pour lequel Dachi n'avait nul besoin de traduction.

Le sage prit le chemin du retour. Le beagle tirait sur sa laisse. Ils allaient faire un petit tour avant de remonter en voiture. Dachi s'assit sur un banc et fouilla sa poche. Plus de tabac. Plus de fric. Il avait tout filé à Khazman. Il allait devoir emprunter la Nationale. Peut-être qu'il aurait assez d'essence. Qu'importe, il n'était pas pressé.

ÉPILOGUE

Quelques jours plus tard, un article signé Gabrielle Chamine paraissait dans trois grands quotidiens d'Allemagne, d'Espagne et de France. On y présentait le colonel Idigov comme l'homme de la dernière chance pour le peuple tchétchène, pris entre les ultra-islamistes et le terrorisme d'Etat pratiqué par Poutine. Hormis ceux de Frais Vallon, qui aurait pu se douter que la photo accompagnant le papier avait été prise à Marseille, dans le bistrot du Grigou ?

Hassan coulait des jours heureux auprès de Roberta Vadim-Angouste. La diva de la SPA n'apparaissait plus que rarement dans les médias. Elle dirigeait Chiens sans frontières d'une main ferme mais discrète. Fidèle à ses promesses, elle avait engagé un architecte et un fondé de pouvoir afin de mettre sur pied son projet de centre culturel à Frais Vallon. Quand le temps s'y prêtait, elle se lançait dans de longues balades à cheval, s'abandonnant à ses souvenirs. Quelquefois, elle s'asseyait sur un tronc couvert de mousses, en proie à une vague de mélancolie. Le beagle fou venait se planter devant elle, la regardait avec ses yeux d'ours en peluche, son sourire moqueur, sa langue pendante, sa queue frétillante, alors Roberta se remettait en selle et le suivait au galop, jusqu'à épuisement.

Raoul Babinetti avait entamé une nouvelle carrière. Les soirs de représentation, en grande tenue d'Apache, il se glissait dans la gueule d'un énorme canon tiré au centre de la piste. Alors, Giulietta Pancrazi, en corsage pailleté et bas résille, s'approchait, armée d'un flambeau, pour présenter un numéro exceptionnel, celui de "Nuage d'Acier, l'Apache Volant". Puis l'Italienne mettait le feu aux poudres et Raoul ouvrait ses ailes d'argent, filant comme un faucon jusqu'au grand trapèze autour duquel il faisait trois tours, avant de plonger vers le filet tendu au-dessus des spectateurs, dans la fumée multicolore et les rayons laser. L'orchestre jouait la *Chevauchée des Walkyries* et Nuage d'Acier, au comble du bonheur, saluait comme un torero, sous les ovations du public.

Une seule chose aurait pu empêcher Dachi El Ahmed de remettre son départ : un signe de Léda.

Un soir, le sage remisa sa sagesse, se rendit en ville, acheta des roses rouges et attendit la Rousse devant la grille de l'hôpital. Il se tenait à distance, hésitant encore, se traitant d'imbécile. Ce n'étaient plus les vers de Khayyâm qui tournaient dans sa tête, mais les paroles de *Madeleine, qui ne viendra pas*... Puis elle apparut, auréolée de sa crinière de flammes. Dachi cacha les fleurs sous son pardessus, incapable de faire un pas. Elle descendait vers le boulevard Sakakini. Cette légèreté, cette grâce… la vraie Léda se révélait dans sa démarche. Dans un accès de courage, il s'arracha au bitume et la suivit. Il fallait qu'il la rattrape avant la bouche de métro, après, ce serait difficile. Trop de monde, trop de… Elle était pressée. Il devait se dépêcher. Elle passa devant le kiosque à journaux. Il la rattrapa en quelques enjambées. Il n'avait plus qu'à tendre le bras… Il aperçut alors son propre reflet sur la vitre du kiosque. Silhouette dégingandée, casquette, gabardine, nez tordu… Camaïeu de gris pour chevalier à la triste figure. Le pimpant bouquet dans son poing créait un contraste comique. Il ralentit, baissa le front pour mieux évaluer sa dégaine. Une tache maculait la jambe droite de son pantalon. Il avait aussi oublié de blanchir ses tennis. En un clin d'œil s'évanouit toute l'énergie qui le tendait vers elle.

La bouche de métro avala sa chimère.

Il alla s'asseoir sur le bord du muret qui centurait l'hôpital, posa le bouquet près de lui. Il roula une cigarette. Puis il abandonna les roses et marcha longtemps.

TABLE

BABEL NOIR

Catalogue

275. JOSEPH PÉRIGOT
Le Dernier des grands romantiques

276. FRÉDÉRIC H. FAJARDIE
Gentil, Faty !

281. MICHÈLE LESBRE
Une simple chute

282. JEAN-PIERRE BASTID
La Tendresse du loup

307. GÉRARD DELTEIL
Schizo

318. JEAN-FRANÇOIS VILAR
Bastille-Tango

319. SÉBASTIEN LAPAQUE
Les Barricades mystérieuses

321. THIERRY JONQUET
Du passé faisons table rase

346. FRÉDÉRIC H. FAJARDIE
Querelleur

347. ANNE SECRET
La Mort à Lubeck

367. MICHÈLE LESBRE
Que la nuit demeure

375. FRANCIS ZAMPONI
Mon colonel

376. THIERRY JONQUET Comedia

377. GUY DARDEL
Un traître chez les totos

410. SERGE QUADRUPPANI
Colchiques dans les prés

411. JEAN-PAUL JODY
Stringer

421. GÉRARD DELTEIL
Dernier tango à Buenos Aires

422. FRANCIS ZAMPONI
In nomine patris

475. JEAN-PAUL JODY
Parcours santé

479. ÉRIC LEGASTELOIS
Adieu gadjo

487. DOMINIQUE LEGRAND
Décorum, journal d'Alexandre Davos assassin

491. FRANCIS ZAMPONI
Le Don du sang

1. FIRMIN MUSSARD
Fausse passe

2. ALAIN WAGNEUR
Terminus Plage

3. PHILIPPE COLIN-OLIVIER
Festival de came

4. PASCALE FERROUL
David sur ordonnance

5. MAURICE ATTIA
Alger la Noire

6. PATRICK DELPERDANGE
Coup de froid

COÉDITION ACTES SUD – LEMÉAC

Ouvrage réalisé
par l'Atelier graphique Actes Sud.
Achevé d'imprimer
en octobre 2006
par Bussière
à Saint-Amand-Montrond (Cher)
sur papier fabriqué à partir de bois provenant
de forêts gérées durablement (www.fsc.org)
pour le compte
d'ACTES SUD
Le Méjan
Place Nina-Berberova
13200 Arles.

Dépôt légal
1re édition : novembre 2006
N° impr. 063530/1
(Imprimé en France)